梅崎春生とカロ（写真：かごしま近代文学館）

中公文庫

カロや

愛猫作品集

梅崎春生

中央公論新社

目次

カロや　愛猫作品集

猫の話

大通りに面した運送屋の二階をかりて、若者と一匹の猫が住んでいた。

この猫は、ある日とつぜん、彼の部屋にやってきた。どこからともなく、板庇《いたびさし》をつたって、彼の部屋に入ってきたのであった。そのまま猫は彼の部屋に居ついた。彼も孤独であったから、なんとなくこの猫に愛着をかんじるようになった。

猫の皮は茶色のぶちで、耳たぶがうすく鋭くたっていた。身体のあちこちが、しなやかにくぼんでいて、尻尾はながく垂れていた。

それまでひどい生活をしていたと見えて、猫はすっかりやせていた。眼だけが大きく澄んでひかっていた。彼は外食券食堂にゆくたびに、食べのこした魚の骨やパンの耳を、紙につつんで持ってかえった。猫はそれを待ちかねて食べた。そのほかに自分で、部屋にやってくるカナブンブンや蠅をとらえて食べたりした。猫がいちばん好きだったのは、蟋蟀《こおろぎ》であった。運送屋のとなりが空地であったので、そこから蟋蟀が何匹も入ってくるのであった。

蟋蟀が部屋に入ってくると、猫は急にしんけんな眼付になって、畳の上にひらたくなり、蟋蟀の姿をねらった。その姿勢はなにか力にみちていて、眺めていると、自分が蟋蟀をねらっているような錯覚に彼はおちた。猫がぱっと飛びあがると、かならずその蟋蟀は猫の口にくわえられていた。猫はそれからばりばりと蟋蟀を噛み、触角だけをのこして、他はみな食べてしまうのであった。

彼の部屋には、だからあちこちに、細い剣のような触角がたたみの上にちらばっていた。それが足の裏にざらざらふれるたびに、彼は次のような句を思い出した。

蟋蟀在堂《しつしゅうざいどう》　歳聿其莫《さいりつきはく》

それはむかし、伯父さんから習った文句であった。意味はわからなかったけれども、彼は何とはなく、これを記憶していた。その他伯父さんから、いろいろなことを習ったが、覚えているのはこれだけであった。あとのことは、すべて忘れていた。

夜になると、猫は彼に身体をすりよせて寝た。そのしなやかな皮のしたに、彼はかぼそい猫の骨格をかんじた。もっといろんなものを食わせて、肥らしてやりたいと思ったが、貧乏でそれも出来ないのであった。食堂から魚の骨をつつんでかえるのが精いっぱいであった。

昼間、ときどき猫はどこかへ出かけて行った。しばらくしてかえってくると、おなかがふくらんでいて、ぐったり横になり、舌で顎《あご》のへんを舐め廻したりした。どこかに行って、なにか食べて来るにちがいなかった。そんな時は蟋蟀がそばまできても、あまり見向きもしなかった。

「なにを食べてきたんだい。おまえは」

彼はよく指先で、やわらかい脇腹をぐりぐりとつついてやったりした。いまどきよその猫に食物をあたえる家もないだろうから、どこかの台所でぬすんで食っているにちがいないと思ったが、彼にはそれを叱るすべもないのであった。

「ぬすむのもいいけれど、見つからないようにしろよ」

彼はこの猫に、カロという名をつけてやった。意味もない名前であった。それから三箇月ほどすぎた。

ある曇った日、彼が窓から大通りを見おろしていると、向う側の横町から、カロが出てきた。なにかへんにふらふらした歩きかたで、いつものような確かさがなかった。頸《くび》をしきりに曲げるようにしながら、ひょろひょろとよろめいて、大通りを横切ろうとした。切迫した予感が背をはしって、彼は窓べりをにぎりしめたまま、身体を思わずのり出した。そのとたん、右手の方から走ってきた黒い自動車が、あっという間に視野に入ると、茶色のカロの姿は、ひょろひょろとその車輪のしたに吸いこまれた。

　頭のなかが燃え上るような気持で、彼はそれを瞬間に見た。カロの身体がぐしゃっとつぶれる音を、彼はその時全身でありありと感じとった。自動車はちょっと速力をゆるめたが、すぐにスピードを増して左手の方へ小さくなって行った。暗い空のした、ひろい車道のまんなかに、カロのつぶれた死骸だけがぼろ布のようにころがっていた。それを一目見たとき、彼は大声でわめき出したい衝動をこらえながら、眼を大きく見開いて、指をがくがくと慄えさせていた。

　その夜、彼は蒲団にもぐって、長いこと泣いた。カロをこんなに愛していたとは、いままで意識しないことであった。こみあげてくる涙のなかに、生きているカロのいろんな姿体がうかんできて、彼はなおのこと泣いた。外では雨が降ってきたらしく、板廂をはじく水音が聞え、遠く近くで雷の音がごろごろと鳴った。前の大通りを、自動車が水をはねて疾走してゆく音が、ときどき聞えた。

翌朝になると、雨はあがっていた。彼は寝巻のまま、はれぼったい瞼の下から、乾いた眼で大通りを見おろした。濡れてだだっぴろい車道のまんなかに、カロの死骸があった。やはり夢ではなかった。それは昨夜なんども自動車のタイヤにひかれたと見えて、板のようにうすっぺらになって、鋪道にひらたく貼りついていた。猫の身体のかたちのまま、面積は生きているときの五倍にもひろがっていた。彼は急に無惨な気がして、また涙がながれ出そうな気がした。そしてあわてて、窓からはなれた。大通りを、一日中何十台何百台ともしれぬ自動車が往来した。彼は一日中部屋にいて、その音をきいていた。

翌日は日が照って、道が乾いた。道が乾くのといっしょに、カロの死骸も乾いた。乾いてみると、それは猫の死骸という感じではなくて、猫の形をしたよごれた厚紙のような感じであった。そしてそれは鋪道に貼りついてはいたが、四囲の部分が疾走するタイヤの圧力ですこしめくられ、ひらひらと動いていた。その上を容赦なく、いろんな型の自動車やトラックが通った。彼はそれを窓から見おろしていた。

彼はその日一日中、カロのことをぼんやり考えていた。蟋蟀をねらうカロの姿だとか、蒲団にねむっているカロの恰好だとか、彼の着物の裾にじゃれつくカロの感触などが、なまなましく彼によみがえってきた。そのカロがすでに実体をうしなって、あそこによごれた紙みたいになって拡がっていることを思うと、胸をかきむしりたくなるような悲哀感が彼をおそうのであった。あの横町から出てきたとき、どうも歩き方がおかしいと思ったが、ものを盗んでいるところを見付けられ、どこかをしたたか殴られたにちがいない、と彼は思った。

そしてまた翌日になった。彼が窓から通りを見おろすと、カロの死骸の感じがすこし変ったように見えた。彼は眼をこらして、しばらくじっと眺めた。たしかに昨日より、形が小さくなったような感じであった。彼が見ている前で、その時また一台のトラックがカロの上を通りぬけた。その反動でカロの死骸がすこし動いたような気がしたが、はっと気がつくと、死骸の縁のささくれだった一部を、たしかに今のタイヤがくっつけて持って行ったにちがいなかった。

彼は身体のなかから、何か引きぬかれるような感じがして、凝然と立ちすくんだ。

カロの死骸が、乾くにつれて風化して、皮も骨も内臓もぼろぼろの物質になり、四囲のめくれた部分からすこしずつ、車輪がかすめてゆくに相違なかった。一廻り小さくなったところを見ると、昨日から相当量、千切って持ち去られたにきまっていた。そう思うと彼は、なにか言いようのない深いかなしみが、胸のなかにひろがってくるのを感じた。

彼はその日、窓辺に椅子をおいて、一日中通りを見張っていた。カロの死骸をかすめてゆく自動車がいるのを、どうしても放っておけない気持がするのであった。そうして昼の間、何十台という自動車が、カロの上を通った。それは恰好のいい乗用車もあったし、がたがたのトラックもあったし、またオートバイや、まれには霊柩車《れいきゅうしゃ》が、カロの部分をすこしずつ持って逃げた。そのたびに、彼は両掌で眼をおおった。

夕方になると、カロは半分になっていた。

次の日も彼は朝から、窓辺の見張りをつづけていた。カロの死骸はすでに猫の形をうしなって、一尺四方ぐらいの、白茶けたぼろにすぎなかった。しかし彼は昨日から、ずっと見張っているせいで、それがカロのどの部分であるかは、はっきりと知っていた。

この日もさまざまな自動車が、カロの上を通った。道が乾き切ったので、カロの死骸も貼りついている支えを失ったのか、今日はことに脆《もろ》く持ち去られるようであった。顔の部分はまだ残っていたが、昼ごろ炭俵をつんだトラックがきて、両方の耳を一挙に持って逃げた。彼はあの薄いするどい耳たぶの形を思い出して、声を出してうめいた。

黄昏《たそがれ》のいろが立ちこめてきた頃、カロはすでに手帳ほどの大きさになっていた。それは最後までのこったカロの顔の部分であった。彼は異様な緊張を持続しながら、黄昏かかった通りを見張っていた。

通りのかなたから自動車の影をみとめるたびに、彼は身体をかたくした。そしてその車輪がカロにふれないように、必死に祈願した。

しかしついに、最後のカロを持ち去られる瞬間がきた。それはぼろぼろのタクシーらしく、ななめに揺れながらごとごと走ってきたのであった。ちらと見た印象では、なかに中年の男たちが五六人、ぎっしりと詰めて乗っていて、それがみんな酔っぱらっているらしかった。窓から手が出たり入ったりした。まるで自動車自体が酔っぱらっているような具合であった。それの後尾のタイヤが、あっという間もなく、カロの顔をぺろりとすくいあげたと思うと、がたごと軋みながら、その酔っぱらい自動車は一目散に遠ざかって行った。

彼は窓からはなれ、部屋のまんなかにくずれるように坐りこんだ。そうして両掌を顔にあて、しずかな声で泣いた。カロがすっかり行ってしまったことが、ふかい実感として彼におちたのであった。カロの死骸が、いまや数百片に分割され、タイヤにそれぞれ付着して、東京中をかけめぐっていると考えたとき、彼はさらに声をたかめて泣いた。

カロがいなくなって四日になるから、蟋蟀が何匹も床の間や壁のすみに、安心してとまっていた。木箱のかげにいたその一匹が、その時触角をかすかに慄《ふる》わせながら、畳の上にはい出してきた。そしていい音をだして一声たかく鳴いた。

（「文芸」一九四八年五月号）

カロ

カロというのは、私の家に住みついている猫の名前。三代目にあたる。初代のカロは、近所で仕掛けた毒団子で斃死《へいし》し、二代目は流産のため悶死した。先代病没の二三日後、どこからともなく迷い込んできた仔猫が、現在のカロで、毛色は先代先々代と違って赤トラである。

当時は仔猫であったけれども、一年経った今日では、ふてぶてしく肥り、見るからにあぶらぎって、身の丈は三尺ほどもある。ここで身の丈というのは、鼻の頭から尻尾のさきまでのこと。地面からの高さということであれば、それはほぼ一尺ぐらいだ。

そのカロが、我が家の茶の間を通るとき、高さが五寸ばかりになる。私が茶の間にいるとき、ことに食事時には、そういう具合に低くなる。ジャングルを忍び歩く虎か豹のように、頭を低くし背をかがめ、すり足で歩くのだ。

なぜこんな姿勢になるかというと、私が彼を打擲《ちょうちゃく》するからだ。カロを叩くために、猫たたきを三本用意し、茶の間のあちこちに置いてある。どこにいても手を伸ばせば、すぐ掌にとれるようにしてある。カロが背を低くして忍び歩くのは、私の眼をおそれ、この猫たたきをはばかっているのである。

猫たたきというのは、長さ二尺ばかり。尖端を丸く編んだ、一種の竹棒である。べつだん珍らしいものでも、特別あつらえのものでもない。荒物屋に行って、蠅たたきを呉れと言えば、これを出して呉れる。一本二十円か三十円ぐらいのものだ。

何故この猫たたきをもって彼を打擲するか。私はこの頃カロにたいして、いろいろと腹を立てることがあるのだ。

食事時になると、カロは顔で襖をこじあけて、茶の間に入ってくる。ただ通り抜けるだけだという風な顔付きで、こそこそと縁側の方へ歩いて行く。そして食卓の側を通るとき、ちらと横目を使って、卓上のものをぬすみ見る。もちろん私がいる時は、ぬすみ見るだけで、こそこそと通り抜ける。あるいは振り上げた猫たたきを見て、一目散に走り抜けてしまう。

ところが誰もいないときとか、いても子供だけの時には、カロはひどく腹の立つことをやる。すなわちいきなり頭を高くして、卓上に前脚をかけ、すばやく食物をかすめ取るのだ。これが悪事であることは百も承知しているし、その上猫たたきをふりかざした私がどこから飛び出すかも知れないので、カロは大あわてしてその事を遂行する。その結果、すこし眼がくらむと見えて、旨い御馳走が卓の真中にあるのに、芋の煮ころがしとかパンの耳などをくわえて、周章狼狽して遁走する。この間などは、一升壜のコルク栓をくわえて逃げた。

なんという浅間しい猫だろう。

そんなに腹を空かせている筈は、絶対にないのである。台所のすみには、ちゃんとカロ用の皿があって、そこにはいつも彼の食事がしつらえてあるのだ。ところがカロはそれを喜んで食べない。

台所の皿上において、カロはおそろしく美食家である。汁かけ飯などには、てんで眼も呉れない。煮干しを入れてやっても、よほどの時でなければ、食べようとはしない。鰯ならしぶしぶ食べる。

この間などは鯨肉の煮たのを入れてやったのに、前脚でつついて見ただけで、匂いすら嗅ごうとしない。私は立腹して、猫たたきを振りかざして追っかけ追っかけ、とうとう屋根の上まで追い上げた。

一体鯨を何と思っているのだろう。

人間がいるからこそ、お前は鯨のようなものまで、口にすることができるのではないか。すこしは冥利ということを考えたらどうだ。

ほんとに、人間がいなければ、猫はどうして鯨肉を食えるだろう。鯨を食べるためには、先ず南氷洋かどこかに行かなければならない。行っただけでなく、こんどは海に飛び込んで、鯨のいるところまで泳ぎつかねばならぬ。

それから鯨の身体に這いのぼって、あの厚い皮を食い破って、穴をあけなければならない。

そんなことが猫ごときに出来るわけがない。溺れ死ぬか凍え死ぬか、うまく泳ぎついても、逆に鯨から食べられてしまうだけだ。

そういう作業を人間がすべて代行して、しかもわざわざ味良く煮て与えたのに、ほとんど見向きもしないのだ。

それは嗜好上の問題だから、それならばそれでもよろしい。そのことだけなら、私も怒りはしない。

私が腹を立てるのは、自分の皿の中ではなく食卓の上の物ならば、カロは何でも食べるということだ。タクアンだって南瓜の煮付けだって、何だってくわえて行って、庭の隅でこそこそと旨そうに食べる。この間のコルク栓だって、半分ほど嚙って食ってしまった。

いくらなんでもコルクよりは、鯨の方がうまいだろう。

人間だけが旨いものを食べて、自分には不味いものしかあてがわれていない。そう思っているに違いない。しかもそれが固定観念になっている。

そういうカロに私は腹を立てる。そして猫たたきの整備をおこたらない。もっともカロの側からすれば、猫たたきで防備するからには、よほど美味なものが卓上に並べてあるとなおのこと、邪推するのかも知れない。

飼猫は主人の性格に似ると言う。そういう言い伝えを私も知っている。その点において、いささか思い当ることがないでもない。先代のカロも、先々代のカロも、同じようにひねくれたところがあった。それを思うと、私はますます腹が立つ。

（一九五二年一月）

A君の手紙

カロと老人

拝啓

ながらく御無沙汰いたしました。この前お伺いした時から、もうそろそろ一年にもなりますでしょうか。あの節は、不躾《ぶしつけ》なお願いにも拘らず多額の金子《きんす》を御貸与下さり、また可愛い猫の仔も一匹分けていただきまして、まことに有難うございました。生来の筆不精からついお礼状もさし上げず、荏苒《じんぜん》今日に至りましたことは、まことに申し訳なく思っております。そこで今日は思い立ちまして、御無沙汰のお詫びかたがた、この一年間の御報告やら、またちょっぴり御依頼の筋をもふくめて、筆をとることに決心いたしました。生れつきの悪筆悪文、お読みづらいとは存じますが、なにとぞ御容赦下さいますよう。

さて、いざ机に向いまして、一年間の報告と考えても、何から書き出していいのか、さっぱり戸惑うばかりです。御存じの通り長年の貧乏暮しで、頭がすっかり鈍磨したらしく、いっこう筋道が通らないのです。さっきから書いては破り書いては破り、机のまわりは紙屑だらけになってしまいましたが、（ここまで書くのに一時間余りもかかってしまいました）まだ書くことがハッキリしないような状態です。机のせいなのかも知れません。この机もしごく古びて脚が一本抜け、しかも表面に板の割れ目が出ているので、とても書きづらく、イライラするのです。実はこの机も十日ほど前、差押えられたばかりなのです。差押えたのは国税の方の役人ですが、この机の他に、ラジオ、柱時計など数点を押えて行きました。滞納金額は五千円足らずですが、こんながたがたの古机まで差押えるなんて、何というバカな役人でしょう。しかし今の差押えというのは、昔とちがって、赤紙を貼るのではなく、ただ差押えたという書類を手渡すだけです。だから使用する分にはすこしも差支えないわけで、現に今もこの机の上で、こうして手紙を書いているのですが、この差押えの話は後段において委《くわ》しく御報告したいと思っておりますので、ここでは省略させていただきます。初めから不景気な話をお耳に入れるのも恥かしいことですし、この手紙全体の効果上からも、そうした方がいいと思いますので。

　ここまで書いてきた時、台所の方からカロが忍び足で入ってきましたので、私はさっそく蠅叩きを摑んでカロを追っかけ、そして今戻ってきたところです。まだ胸がドキドキと動悸《どうき》を打っています。カロというのは、貴方から頂いたあの猫の名前なのです。あの節お宅から金を借り、それを記念するためにカロと名を付けました。カロの顔を見るたびに、貴方からの借金を思い出そうという仕組みなのです。心情お察し下さい。

　カロもずいぶん大きくなりました。頂いた当座は、まったく西も東もわからないほんの仔猫でしたけれども、今では見るからにあぶらぎって、堂々たる体格です。身の丈は三尺ほどもありましょうか。ここで身の丈と申しますのは、鼻の頭から尻尾のさきまでのことです。地面からの高さでしたら、ほぼ一尺ぐらいでしょう。毛色はごぞんじのように赤トラで、眼は琥珀色にキラキラと光っています。この眼でうらめしげに私をにらみつけるのです。ほんとにふてぶてしく憎らしい猫です。

　実を申せば私はこのカロを憎んでいます。カロは全くひねくれているのです。どうぞお気を悪くなさらないで下さい。これもひとえに私の責任なのです。飼猫は主人の性格に似るという話ですから、きっと私がひねくれているからに違いありません。折角あなたから頂いた素姓《すじょう》のいい仔猫を、こんな性格に育て上げてしまって、ほんとにお詫びの申し上げようもないと思っております。しかし私としては憎まないわけには行かない事情もあるのです。まあ読んで下さい。

さっき背の高さを一尺ばかりだと書きましたが、このカロが私の家の茶の間を通るとき、その高さがぐっと低くなって、五寸ばかりになるのです。ことにそれが食事時であれば、もっと低くなります。まるでジャングルを密行する虎か豹みたいに、頭を低くし背をかがめ、四肢を曲げてすり足で歩くのです。

なぜカロがこんな姿勢になるかと言うと、それは私が彼を叩くためなのです。

先程蠅叩きを摑んで追っかけたと書きましたが、蠅もいない今の季節に、なぜ蠅叩きが部屋に置いてあるのだろうと、きっと貴方は疑問をお持ちになるでしょう。ところが実際この茶の間には、蠅叩きが五本、あちこちに置いてあるのです。どこにいても手を伸ばせば、すぐ掌にとれるようにしてあります。もちろん蠅を叩くためではなく、カロを叩くためのものです。だからこれは、蠅叩きというより、カロ叩きと言うべきでしょう。もともとその目的のために、荒物屋から購入したものなのですから。

カロが背を低くして忍び歩くのは、つまり私の眼をおそれ、このカロ叩きをはばかっているのです。背を低くすれば、私の眼にはとまらないと、畜生心にもそう思っているのでしょう。あるいは何時もその頭上に、幻のカロ叩きを感じているためかも知れません。とにかく卑屈で狡猾《こうかつ》な恰好《かっこう》なのです。そういう恰好自体が私の憎しみを更にあおるのです。その姿を見ると、もう私の手は知らず知らずのうちに、カロ叩きの方に伸びています。ちょっと条件反射みたいな具合です。

なぜ私がこのカロ叩きをもって彼を打擲するか。それは理由が多すぎて、もう近頃では、叩くために叩く、そう申し上げる他はないような状態なのです。憎悪というのは、本来そんなものではないでしょうか。憎み続けているうちに、ついその根源は忘れられてしまい、ただもう憎むために憎む、そんな風《ふう》になってしまうのではないでしょうか。

食事時になりますと、カロは顔で襖《ふすま》をこじあけて、茶の間に入ってくるのです。まったく何気ない表情で、ただ通り抜けるだけだという風な顔付で、背を低くして部屋を横切って行きます。そして食卓の側を通る時、ちらと横目を使って、卓上のものをぬすみ見るのです。もちろん私がいる時は、ぬすみ見るだけで、そのままこそこそと通り抜けるか、あるいは私が振り上げたカロ叩きを見て、一目散に走り抜けてしまいます。

ところが私がいない時とか、いても子供だけの時には、カロはたちまち非道な行為にうつるのです。すなわちいきなり頭を高くして、卓上に前脚をかけ、すばやく食物をかすめ取るのです。自分の行為が悪事であることは百も承知だし、その上カロ叩きをふりかざした私が、どこから飛び出してくるかも知れないので、カロは大あわてしてその事を遂行します。その結果、すこし眼がくらむと見えて、たとえば刺身やビフテキが卓の真中に置いてあるのに、それには手をつけず、芋の煮ころがしとかパンの耳などをくわえて、周章狼狽して遁走《とんそう》するのです。この間の如きは、一升壜のコルク栓をくわえて逃げました。

なんという浅間しい猫でしょう。

こう書きますと、私がカロに餌を全然与えてない、そうおとりになるかも知れませんが、事実はそうではないのです。台所にはちゃんとカロ用の皿があって、充分に食事を与えてあるのです。ところがカロはそれを喜んでは食べません。

その皿上において、カロはおそろしく美食家なのです。まるで殿様猫です。汁かけ飯などには、てんで眼もくれません。煮干しを入れてやっても、よほど空腹でなければ、口をつけようとしません。鰯の頭のようなものなら、しぶしぶ食べます。

この間などは、鯨肉の煮たのを入れてやったら、前肢でつついてみただけで、匂いすら嗅ごうとしないのです。私は腹が立って、カロ叩きを振りかざして追っかけ、家のぐるりを三度廻り、とうとう屋根の上まで追い上げました。

一体カロは鯨を何と思っているのでしょう。人間がいるからこそ、カロは鯨のようなものまで、口にすることが出来るのではないでしょうか。カロの態度はあまりにも無礼です。

ほんとに、人間がいなければ、カロはどうして鯨を食えるでしょう。鯨を食べるためには、先ず南氷洋かどこかに行かなければなりません。猫には捕鯨船なんか造れないのだから、そのまま海に飛び込んで、鯨が游弋《ゆうよく》しているところまで泳ぎつかねばなりません。それだけでなく、こんどは鯨の背中に這いのぼり、あの厚い皮を食い破らねばなりません。そしてやっと鯨肉にありつけるのです。そんなことが猫ごときに、どうして出来るでしょう。途中で凍え死ぬか、溺れ死ぬか、万一泳ぎついても、逆に鯨から食べられてしまうだけの話ではないでしょうか。

だから猫が鯨を食べることは、これは大変なことなので、ひとえに人間の力によるものなのです。しかもそれを味良く煮て与えたのに、カロはほとんど見向きもしないのです。

しかしそれは嗜好上の問題だと、あるいは貴方はおっしゃるでしょう。そうです。そのことだけなら、私も別に怒りはしません。

私が腹を立てるのは、自分の皿ではなく食卓上のものならば、カロは何だって食べるということです。タクアンの尻尾だってコンニャクだって、何だってくわえて行って、庭の隅でこそこそと旨そうに食べるのです。この間のコルク栓だって、半分ほど齧って食ってしまいました。いくらなんでもコルクよりは、鯨の方が旨いでしょう。

私はカロのその陋劣《ろうれつ》な心事を憎みます。人間だけが旨いものを食って、自分には不《ま》味《ず》いものをあてがわれている、そう思っているに相違ありません。しかもそれが固定観念になっているのです。

だから私はカロ叩きを五本も用意し、常々整備を怠らないのです。

もっともカロの側からすれば、カロ叩きで防衛するからには、よほど美味なものが卓上に並べてあると、そう邪推しているのかも知れません。やり方がどうも意固地で執拗なのです。あるいはまた、何でもなく食えるものより、危険を冒して得た食物の方が旨い、そういう心理なのかも知れません。つまりスリルを楽しむというやつです。飼猫は主人の性格に似るそうですから、案外そんなことかも知れません。実を申せば私の側にしても、カロ叩きでカロを追っかけひっぱたくことに、妙に意固地な快感がないでもありません。カロのことを考えると、胸がワクワクして、ほっておけないような気がしてくるのです。小便をこらえている時に似た、息詰まるような疼《うず》くような、居ても立ってもいられないような、そんな苦痛と快感が同時に湧き起ってくるのです。

　この間などは一策を案じて、卓上にマグロの刺身を一片置いて、私は襖のかげにかくれてそっと覗いていました。その刺身には前もって細工がほどこしてあるのです。つまり、刺身の横から穴をあけて、内にワサビを沢山詰め込んでおいたのです。せっせとワサビを詰めこみながら、一体俺はどんな情熱でこんなことで一所懸命になってるのか、などと考えて、ちょっと自己嫌悪におちたりもしましたが、しかし人間の情熱とは大体そんなものでしょうね。そんなものだと私は思います。貴方が小説を書く情熱も、おおむねこれと同じようなものでしょう。そういう点で貴方も時々自己嫌悪におち入るようなことはありませんか？

私はマグロの刺身が大好きなので、貧乏なのに無理をして時々これを食べるのです。でも考えてみると面白いものですね。海の底に棲んでいるマグロと、山間に生えているワサビと、ひとつの皿の上で対面する。思えば奇想天外な話です。これも地球上に人間が居ればこそのことですね。もし人間がいなければ、ワサビは永遠にマグロにはめぐり逢えず、まして自分の味がマグロの味にぴったりしていることも露知らず、ただもしゃもしゃと山間に生えたり枯れたりしているばかりでしょう。マグロとても同じです。人間の食慾においてこの両者は統一された。そんなことを考えると、私ははかり知れない因縁というものを感じ、宗教的なショックに打たれます。私はもともと宗教的な傾向があるものですから、そんなことには特に感じ易いのです。

話がそれました。私が襖のかげにかくれていますと、やがてカロが背を低くして四辺《あたり》を見廻しながら、のそのそと入って来たのです。私は期待と亢奮にワクワクして、心臓が咽喉《のど》もとまで出てくるような気がしました。カロの背が急に高くなったと思うと、がたんと前肢を卓にかけ、刺身をぱくとくわえて、一目散に庭の方に逃走しました。そして花壇のところに立ち止って、大あわてしてそれを食べました。

とたんにカロは、衝撃を受けたみたいに、後肢だけでひょいと立ち上ったのです。

そして前肢を曲げて、ぐいと鼻をこすり上げると、眼から琥珀色の涙をぽろぽろと流しました。その時私は、縁側に立っていたので、それがよく見えたのです。ワサビが鼻に来た時の人間の動作と、それはまったくそっくりでした。思わずぎょっとした程です。次の瞬間、私は無意識のうちに庭に飛び降りて、カロ叩きをふりかざして、やみくもにカロを追っかけていました。そうでもしなければ、やり切れない気持だったのです。

そういう私を、やはりカロも憎んでいるのだろうと思います。

私は酔っぱらった夜は、必ず枕もとに酔醒めの水を置いておくのです。私はこの酔醒めの水が大好物で、他のどんな飲物よりも、この味わいを愛好しているのです。酒の話だの刺身の話だの書いて、貧乏じゃないじゃないかと思われそうですが、そうは考えないで下さい。あまり貧乏なので、だからこそやけくそになって私は酒を飲んだり、刺身を食べたりするのです。ところがその悲痛な酔いの果ての楽しみの水を、カロがこっそりと飲みに来るのです。何という邪悪な猫でしょう。台所に行けばいくらでも水があるのに、私の枕もとの酔醒めの水を飲みに来る。薬罐《やかん》の蓋をくわえて外し、顔をつっこむようにして、べちゃべちゃ舐《な》めるのです。カロが舐めると、もうその水は猫臭くて、とても飲めたものではありません。怒ってはね起きた時は、もう間に合わないのです。カロの姿は電光のように、部屋の外に消えてしまっています。私の困惑や憤怒をサカナにして、カロはこの水を飲んでいるのではないでしょうか。どうもそうらしい。

カロと私とは十日ほど前までは、以上のような間柄でした。折角いただいた猫に対して、良き飼主でなかったことを、私は深く恥じ入る次第ですが、カロとても良き飼猫でないことは、貴方も充分に御諒承下さったことと存じます。

ですからカロは何時も私をはばかり、滅多に私に近づいて来ません。私が居間にいると、寒くてもやせ我慢して、縁側あたりで慄《ふる》えています。ところが来客などがあると、その時は平気で部屋に入ってくるのです。お客の手前、蝿叩きをふり廻すようなおとなげないことを私がやらない、そのことをカロはちゃんと心得ているのです。そして私に見せびらかすようにして、お客の膝の上に乗り、聞えよがしに咽喉をごろごろ鳴らしたりします。それでも私はにこやかに客と応対をしていますが、時にははらわたが煮えくりかえるような気持になったりしないではありません。

この間の差押えの日もそうでした。

「ごめんください。ごめんください」

と言って、玄関に変な男が入ってきました。出て見ると、痩せて眼のぎょろぎょろした、色の黒い二十七八の男です。私の顔を見るなり、低い猫撫で声で言いました。

「Aさんですね。あなたは昭和二十三年度の所得税が未納になっていますが、今日払っていただけますか？」

「いいえ」

と私は答えました。払うにも払わないにも、その時私の家には、全部かき集めても五六十円ぐらいの金しかなかったのです。するとその男は、にやりと片頰に笑みを浮べました。その笑い方と言ったら、まるでこみ上げてくる嬉しさを押えかねると言ったような、うずうずするような笑いでした。女の裸の尻を見たサディストの笑いを、私はちらと聯想したほどです。そして彼は言いました。

「そうですか。それでは止むを得ません。今日は差押えさせていただきます」

押しとどめる間もなく、もう靴を脱いで、玄関に上ってきたのです。職業的な習練を積んでいるので、有無を言わせないような自然な身のこなしでした。私はすっかり気を吞まれて、ついそのまま男を部屋に案内してしまったのです。

男は座布団に大あぐらをかき、私が差し出した番茶を旨そうに飲みながら、部屋のなかをあちこち眺め廻しています。私はだんだん気色が悪くなって参りました。

「差押えと言いますと——」と私はたまりかねて訊ねました。「今日直ぐに持って行くんですか。一体何を差押えるつもりなんです」

「いやいや、御心配には及びません。直ぐ持って行く訳じゃありませんよ。さて、何と何を押えますかな」

ふと気が付いて、私はあわてて次の間との仕切りの襖をしめました。三寸ばかり開いていたのです。すると男はまた可笑《おか》しそうににやにやと笑いました。そして皮鞄の中から書類と万年筆を取出しました。

その時です。台所の方からニャアと一声上げて、カロが入ってきたのは。

カロはちらと私を横目で見て、そしていつもほどは低くならず、あたりまえの高さで悠々と歩いてきて、慣れ慣れしく男の膝にのそのそと這い上りました。男はちょっと驚いたような様子でした。カロは膝の上に丸くなって、咽喉をごろごろと鳴らしているのです。私に見せつけているとは知らないものですから、その男はびっくりした表情で、

「おお、よしよし」

などと不器用な仕草で、カロの背中をさすったりしていました。職業柄、あまり人間や動物からも親しまれないのに、はからずもこんな歓待を受けて、彼はいささか戸惑ったらしいのです。私はすかさず言いました。

「その猫を差押えたらどうですか？」

男はぎょろりと眼を動かして私を見、そしてカロを見ました。もうすっかり職業的な表情になっていたようです。

「猫ですか。どうも、猫は――」

「しかし動物だって差押えの対象になるんでしょう」と私はたたみかけました。「農家などで牛を差押えられた話をよく聞きますよ。猫だって役に立つんですからね。たとえば三味線の皮とかなんとか――」

男は黙ってカロを見下していました。私はつづけて言いました。

「この猫はすばらしく素姓がいいんですよ。日本にも何匹とはいないやつです」

「ほう。そんな猫ですか」

「そうですとも。なにしろペルシャ猫とシャム猫の混血ですからね。名前もカロ三世と言うんです」

男は疑わしそうに眼をぱちぱちさせていましたが、やがてにやにやと妙な笑い方をしました。私のでたらめを見破ったのかも知れません。そしてカロを膝に乗せたまま、卓の上に書類をひろげ、万年筆を握りました。

「まあ猫は猫として——」と男は押しつけるような声で言いました。「まず机とかラジオとかを押えることにしましょう」

そして口の中で何かをぶつぶつ呟きながら、書類に書き入れ始めました。差押調書というやつです。書いているあいだ中、男の顔はぼっと血色が良くなり、表情も生き生きして、まことにこの事にやり甲斐を感じているらしい風なのでした。こいつら滞納者係というのは、滞納者を憎みいじめることに、なにか情熱を感じているのではないでしょうか。きっとそうだと思います。そうでもなければ、あんな表情が出来るわけがありません。我々を憎むことによって辛うじて職業的生甲斐を感じているのでしょう。そう思うと私はこの男に、強い反撥と妙な親近感を感じました。やがて男はにやりと面を上げて、調書の謄本をふわりと私に放ってよこしました。

「まあこれだけ押えておきましょう」

その調書を点検して、私はぎくりとしました。それは差押財産の表示という欄です。そこには片袖坐机とか、四球ラジオとか、そんな物件がずらずらと書き並べてあるのですが、私をぎくりとさせたのは、最後の方に中古ダンスとか鏡台とか、そんなものまで書き込まれてあることでした。何故かというとこんな品物は、隣りの部屋に置いてあるもので、この男の位置からは全然見えない筈だったからです。さっき三寸ほどの襖の隙間から、素早く見て取ったに違いありません。何という抜け目のない、眼のするどい男でしょう。貴方は何時かしら、小説家という者はこの世で最も眼のするどい人種なのだと、自慢しておられましたが、この男の前に出たら、太陽の前のローソクに過ぎないでしょう。とても小説家如きが、人間や物を見ることにおいて、たとえば税務役人や高利貸ややり手婆の慧眼《けいがん》にかなう訳がありません。この間の貴方の言葉は、自惚《うぬぼ》れというものです。

　そしてその調書を前にしながら、私はしだいに腹が立ってきました。男は満足げに、万年筆をしまったり、鞄の鍵をガチャガチャさせたりしています。その時私はふと思い付いて、男に気付かれないように、そっとカロ叩きの方に手を伸ばしました。カロは咽喉をぐるぐる言わせながら、横目で私の動作をうかがっています。私はカロ叩きを摑むと、卓の下に突き出して、威嚇するようにピュッと振りました。卓の下ですから、カロからは見えますが、男の眼からは見えないのです。そこが私のつけめでした。カロはぎゃっと声を立てて、男の膝の上ではね上りました。まさか来客中に私がカロ叩きを使おうとは、予測もしなかったのでしょう。大あわてにあわてて、男の膝から飛び降りるとたんに、男の手の甲をパリッと引っ掻き、一目散に縁側から庭に飛び降りて逃げました。

男の手から血が流れていました。痛そうにそこを押えています。

私が黙ってにこにこしているものですから、男の眼が急に吊り上ったようでした。歯を噛み鳴らしている音が、かすかに聞えます。そこで私はにこにこしながら、ゆっくり煙草に火をつけました。

男は手巾《ハンカチ》を出して、手の甲の血を拭きながら、やがてかみつくような声で言いました。

「よろしい。それでは猫も差押えましょう！」

「どうぞ。御随意に」

男は私から差押調書をひったくると、差押財産表示欄の最後に『一、赤毛猫一匹』

と乱暴に書き入れ、ぐいと私の方に押し戻しました。そして手の甲を押え、つんつんしながら玄関に出、扉をがちゃりとしめて帰って行きました。

税務役人の怒りを見たのは、私はこれが初めてです。たしかにいくらか愉快な見ものでした。

その晩、カロのその功績を賞《め》でて、鰯か何かでも御馳走してやろうかと思いましたが、よく考えてみると、これはカロの功績というより私の功績ですし、それに差押えされた以上、カロはすでに私の猫ではなく、税務署の猫になったのですから、私はもう餌をやる義務はなくなったわけです。そこでそれはやめにしました。

こういういきさつでカロの所属は、私から税務署の方に移ってしまいましたので、一応そのことを御報告申し上げます。一年足らずの、まことに果敢《はか》ない主従の縁でありました。

税務役人の怒りについて、今書きましたが、今度はその失望落胆について、書こうと思います。どうぞ小説になるものなら、小説にして下さい。近頃貴方の小説を拝見していますと、なにか題材の単調と貧困さが感じられてなりません。現実からの刺戟を、あまりお受けにならないせいではないでしょうか。その点において、私の体験などは、多分に貴方の参考になり得るものと信じます。こんな恥かしい私の生活を、細大洩らさず御報告申し上げるのも、一年前の貴方の御好意への御礼心のつもりですから、御遠慮なく小説の題材に御使用になって下さい。題材料をよこせなどと、そんなケチなことを申し上げるような私ではありませんから。

そしてその翌日のことです。春めいてきた午後の空気をゆるがして、ふたたび玄関の扉がガタガタと鳴り、

「ごめん。ごめん下さい」

というがらがら声がしました。私があわてて飛んで出ますと、四十がらみの肥った男がそこに立っています。すり切れた皮鞄を小脇にかかえていました。

「あなたがAさんですね」と男はもう鞄をあける恰好になっていました。「一昨年の区民税がまだ入っていませんね」

「ええ」

「もう何度も催促状を差し上げた筈ですが」

と男は鞄から伝票綴りを取出して、ぴらぴらとめくりながら言いました。

「頂きましたけれども、なにぶんこんな貧乏暮しで――」

「貧乏？　貧乏とは関係ありませんよ。ちゃんと所得があって、それにかかっている訳ですからな。あなただけが払わないということは困ります。今日、半分だけでも払って呉れますか？」

「とてもとても。百円の金もないんです」

「じゃ仕方がない。一応差押えることにしますよ」

「どうぞ、そうして下さい」と私は落着いて答えました。「昨日国税の方が来て、あらかた差押えされたところです」

「え？」と案の定男はぎくりと棒立ちになりました。「差押えたって？　それ、ほんとですか」

「ほんとです。調書があるから、お目にかけましょうか」

居間から差押調書を持ってきて見せた時、男は大声でうなりました。今まで私に対して見せていた優越感や傲慢さをすっかり振り落して、赤裸々の自分に立ち戻った風でした。

「残念だったなあ。一日違いだった。何ということだろう」

男は頭をかきむしるようにして、そう呻きました。その失望落胆の状は、見るも可哀そうなほどでした。ついに私は気の毒になって言いました。

「まあ上ったらどうですか。差押えは受けたけど、その残りがあるかも知れないし——」

「いや、駄目です！」と男は掌を振りました。「国税の奴等が通ったあとは、草も生えないというくらいです。私たち区民税の方は、区民の皆様の便宜をはかり、差押えもなるべく控え、話し合いで解決しようという方針なんです。それなのにあいつ等と来たら——」

男は溜息混りに、国税役人の悪口を並べたり、自分の不運をのろったりし始めました。私は適当に相槌を打ちながら、区民税役人の表情や動作を観察していました。こうなると役人なんていうものは、まるでカスみたいですねえ。鋏をもぎ取られた弁慶蟹みたいなもので、恐くもなんともありません。あんまり落胆して愚痴ばかりをこぼしているので、私もとうとううんざりしてしまって、つけつけと言ってやりました。

「大体あんたがノロマだからですよ。早く次の家に行かないと、また国税に先廻りされますよ」

「あっ、そうだ。ほんとにそうです」男はぴょこんと立ち上りました。そしてそそくさと扉をあけました。「どうもお邪魔さまでした。ごきげんよう」
彼が戻って行ったあと、私は居間に坐って、ぼんやりしていました。しおしおした税務吏員などを、あまり見たくなかった。ふん、面白くもない。そんな気持でした。つまり、抵抗が全くなかったということ、それが私に面白くなかったのではないでしょうか。これにくらべれば、前日の国税の小役人の方が、よっぽど張合いがあって、好もしかったようです。こういう私の気持を、貴方は判って下さいますでしょうか。

　差押えのいきさつは、ざっと以上の如くです。この差押えの件についても、何時までも放って置くわけには行かないので、いろいろ心を悩ましていたのですが、今朝はまた早々と陣内老人の訪問を受けました。もちろん金の催促です。私はほとほと困ってしまいました。金というのは、この家を買ったその残金なのです。

　一年前、貴方やその他から借り集めた金額が十五万円、それを陣内老人に支払い、残りの十万円は月々五千円ずつ、二十箇月月賦で支払うという約束でした。つまりこの私の家の価格は二十五万円なのです。最初から二十五万円調達して耳をそろえて買えばよかったのに、金の集まりが悪く（いえいえ、貴方の貸し方が少かったと申し上げているのではありません）、余儀なく残余は月賦ということになったのです。御存知の貧乏暮しですから、この毎月五千円というのは、私にとって仲々の苦労なのです。ところが陣内老人は、毎月二十一日に、鬼のような正確さをもって、取立てに来るのです。今朝もまだ七時前だというのに、庭に入って来て、縁側に腰かけ、

「約束ではないか。さあ払って貰おう！」

それ一点張りで、二時間もねばって行きました。私はこの老人が苦手です。とても苦手なのです。

老人は私を憎んでいるのです。私はちゃんとそれを知っています。私の払いが悪いから憎んでるのではなく、私が彼の家を買い取ったこと、その点において老人は私を憎んでいるのです。ちょっと不思議な言い方ですが、全くそうなのです。老人は私を憎むことによって、辛うじて生きているのです。この老人のことを少し書きましょう。

老人は背が五尺八寸もあって、もうそろそろ六十歳ぐらいでしょう。家族はその老夫人と二人だけの生活です。子供が二人いたということですが、戦争で皆なくしてしまったのだそうです。老人の顔は仮面のように表情がなく、眼はラムネの玉のように光がありません。

終戦後、老人は子供を失って、大へん虚脱したらしいのです。（これはその老夫人

から聞いた話です）そして性格ががらりと変り、それまで働き好きな小まめな男だったのが、今度は何も仕事をしないで、ふところ手で生きて行こうと思うようになったらしいのです。しかし敗戦直後のこととて、収入の道は全然絶たれている。老人はどうやってその意志を貫いたでしょう？

先ず彼は、自分の持ち家を売りました。この家は大変大きな家で、現在の価格にすれば、百八十万円位のものだそうです。そして百二十万円位（今の価格で）の家を買い取って、老夫人ともどもそこに入りました。つまり彼は、その差額の六十万円を手に入れたというわけです。

老人はその金で、二年ほど徒食しました。そしてその金がなくなってくると、またその家を百万円で売り、七十万位の家を買いました。

一年経ちました。老人は再びその家を売却して、ひと廻り小さな家を買い求めました。

それから半年後、また同じやり方で、更に小さな家に引越しました。

お判りでしょう。老人がふところ手をして生きてゆく代りに、その家はしだいに小さくなって行くのです。つまり老人は、自分の家を少しずつ齧って、居食いしているという恰好なのです。こうして今から一年前、老人は私に、この家を二十五万円で売り払ったのです。十五万円は即金で、あとは五千円宛の月賦という約束で。

今、この陣内老夫妻は、私の家から半町ほど離れた、ごく小さな家に住んでいます。家というより、掘立小屋といった方が早いでしょう。屋根も古トタンだし、粗末な板壁も隙間だらけです。いくらでこの小屋を買ったのかは知りませんけれど、もしあれを売りに出したとしても、せいぜい二万円かそこらでしょう。二万円でも買い手がつかないかも知れません。そんな家に相変らず頑固にふところ手して、陣内老人は生きているのです。働くことを意固地になって拒否しているような恰好で。

現在の老人の収入は、おそらく私から受取る月五千円の金額だけらしいのです。それについて、この間陣内老夫人がやって来て、さまざま愚痴をこぼして行きました。老人はまだ身体も丈夫だし、頭もしっかりしているし、働こうと思えば働けない訳はないと言うのです。その時老夫人はこんなことを言いました。

「あの人もねえ、終戦後すっかりひねくれてしまいましてねえ、人を憎んでばかりいるんですよ」

「へえ、そんな方ですかねえ。憎むって、どんな具合に——?」

老夫人は私を見て、気の毒そうに一寸言い淀みました。そして思い切った風に、

「それがねえ、家を売るでしょう、その家を買った人を、ひどく憎むんですよ」

私はぎくりとしました。

夫人の話によると、最初の百八十万円の家を売った時から、その奇妙な憎悪が始まったんだそうです。それを買った男は、戦後の新興成金で、いくらか傲慢不遜な男だったという話です。きっと陣内老人に対しても横柄だったのでしょう。老人はその男を憎みました。口を開けばその男の悪口ばかりでした。家の中で言うだけではなく、近所近辺にも悪口を言いふらして歩いたということです。

そして次に、百万円で家を売った時、老人の憎悪はこんどの買い手に移りました。前の新興成金のことはすっかり忘れ果てたように、新しい買い手を憎み始めました。こんどの買い手は、どこかの出版社の主人だったそうですが、陣内老人が悪口をふれ歩いたり、夜中に玄関に石を投げたりするものですから、すっかり怒ってしまって、告訴沙汰になりかかったりしたという話です。

こういう具合にして、老人の憎悪は、家を売る度に次々に移動しました。会社重役、某省課長、女金貸など。老人の憎悪は当面の買い手だけに限られていて、それ以前に

はさかのぼらないのです。まったくふしぎな憎悪のあり方ですが、それは当人にとっても、どう処理のしようもないものでしょう。その心事は、いくらか私にも判るような気がします。老人はもう憎むために憎んでいるのです。しかし喜びや悲しみと異って、憎しみというものは、必ず核を必要とします。憎しみ自身が、その核を呼びよせるのです。

こうして今、老人の憎しみは、私だけに向っているのです。つまり私は、この家を買ったばかりに、彼から烈しく憎まれているのです。

老夫人のその愚痴混りの告白を聞いて、陣内老人の奇妙な態度や行動を、私はすっかり了解しました。どうも変だ変だと、実はずっと前から私も思っていたのです。まさかそんな役割を引受けていようとは、私は全然想像もしていませんでした。

近所の人の話によると、老人は私のことを『サギシ』だの『ヘンタイセイヨク』などと、悪口を言って歩いているそうです。悪口されることに私は慣れているので、そんなことにはびくともしません。しかし老人は、悪口だけでなく、いろんな直接的な厭がらせを、私に試みてくるのです。月賦の催促に朝早くからやってくるのも、その一例です。また月賦が完済しないうちは、庭は俺のものだと称して、私の家の庭に畠をつくり、二十日大根だの小松菜などを栽培しています。それだけならばいいのですけれども、その肥料と称してウンコをまきに来るのです。しかもその時刻が、奇妙に私の食事時間と合致するので、どうも不思議なことだと思っていたのですが、老夫人の話によって、初めてその真相が判った訳です。まったく閉口な話です。

　この間などは、老人は羽織袴をつけ威儀を正して、私の家にやって来ました。カロが陣内家の食卓から塩鮭をくわえて逃げた、その抗議なのです。老人の要求は、その代金を弁償すること、並びにカロの髭を切りとること、その二項目でした。髭を切ると猫はおとなしくなって、ひとのものを盗らなくなるというのが、老人の言い分なのです。そこで私は老人に十八円弁償し、カロの髭についてはそちらでいいようにやって欲しい、と申し入れました。こういう人物にさからうのは損ですからねえ。それで老人は不満げに了承して、そのまま帰って行きました。それから二日後、カロの顔を見ると、両髭が根元からバッサリ断ち切られ、なんだか兎みたいな気の毒な顔になっていました。その代りに、それから四五日間、陣内老人の右手に繃帯《ほうたい》が巻かれてあったところを見ると、カロの髭切りもそう楽な作業でもなかったらしいです。としよりの冷水という諺を思い出して、私はしばらくにやにや笑いが止まりませんでした。

老人が今の掘立小屋を売り払って、さらに小さな家（これはあり得ないでしょう。あるとすれば、それはもう犬小屋です）に引越さない限りは、私は永遠に憎悪されるより仕方がありません。これも侘しい宿命でしょう。生きておればいろんな目に会うものです。

陣内老人のことについては、まだまだ面白いことがたくさんあるのですが、疲れてきましたし、それにちょっと書くのが惜しいような気分もしてきました。ここらでひとつお願いがあるのですが、以上のような事情で、私は急に金が要るのです。老人への支払い、税務署への納付、あれやこれやで二万円、いや一万五千円もあれば、どうにか切り抜けられると思うのです。この前お借りした金もまだそのままなのに、こんなお願いをして厚かましいとお思いになるでしょうが、この哀れな私をたすけると思し召して、右金額をしばし拝借願えませんでございましょうか。その代り、と申しては変ですけれど、もし拝借出来ますならば、直ちに貴邸に参上致し、陣内老人の面白きことどもをお話し申し上げ、貴方様の小説の材料に差し上げたく存じております。私の赤心御推察の上、色よき返事を賜わらば、私の幸福これに過ぐるものはございません。なにとぞなにとぞよろしく御願い申し上げます。貴家の隆盛と万福を切に祈りつつ、筆をおくことに致します。草々不一。

（「文學界」一九五二年五月号）

凡人閑居

拝復

どうも長い間御無沙汰いたしました。

この前、愛猫カロのこと、税務吏員のこと、差押えを受けたこと、また陣内老人のことなど、近況御報告の手紙を差し上げたのは、たしか昨年の春のことですから、もうそろそろ一年にもなります。月並な言葉ながら、月日の経つのは早いものですね。あの節は、無理なお願いにも拘らず、一万五千円という大金を貸していただき、御厚情のほど身にしみて感激いたしました。それなのに生来の不精のため、以来荏苒《じんぜん》と御無音に打過ぎ、まことに申し訳もございません。

今朝、貴翰《きかん》落掌。表を眺め裏をうちかえし、さておそるおそる封を切りますと、果たせるかな用立てた金子《きんす》を早く返せとの御文言。再読三読、箸を置き、しばし自責と慚愧《ざんき》の涙にくれました。丁度食事中でしたが、すっかり食慾もなくなったほどです。そこで食事は中止して、こうして机に向い、お詫びやらお願いやら、かててこの一年の近況御報告やら、とりとめもなく書き綴ろうと思い立ち、筆をとることに致しました。悪筆悪文のほどは御寛容下さいますよう。

さて、何から書き出していいか、いろいろ気持が迷いますが、やはり先ず順序としては、貴方からいただいた仔猫カロの件につき、御報告申し上げたいと存じます。あの猫は、私が飼うようになってから、すっかりひねくれた性格となり、来訪した税務吏員の手をひっかいたりして、税務吏員の怒りを買い、我が家のあらかたの家財道具と共に差押えられたことは、すでに前便で御報告申し上げました通りです。幸い一週間後、貴方から拝借した金子で滞納分を納めましたので、カロの所属はめでたく手もとに戻って参りました。しかしその後、カロは妙に元気を失い、動作もきわめて不活潑となり、そして昨年の秋、ついに死亡いたしました。死因は未だに判りません。死亡の場所は、拙宅から半町ほど離れた陣内老人宅の天井裏です。どうしてそんな場所で死ぬ気になったのか、私はカロの心事を忖度しかねます。死亡の前後のことを、すこし書いてみましょう。

前の手紙に書きました通り、陣内老人というのは、拙宅の前の持主なのです。私はこの老人から、十五万円即金、残りの十万円は五千円ずつ二十箇月月賦という条件で、この家を買ったわけです。ところが御存知の手元不如意で、とかく月賦も滞り勝ちとなり、まだ五万や六万の支払い分が残っている筈です。もちろん陣内老人は、毎月催促にやって来ますけれども、私とても無い袖はふれないものですから、老人にはお気の毒ながら『睨《にら》み返し』のような手などを用いて、お帰りを願うことが多いのです。ところが向うも一筋縄でゆくような老人ではなく、相当なしたたか者ですから、月賦を皆済《かいさい》しないうちは、庭は自分のものだと称して、拙宅の庭を勝手に開墾して畠をつくり、さまざまの作物を栽培しているのです。今はホウレン草や小松菜、ニラやアサツキ、ミツバのたぐいなど。垣根に沿って、枸杞《くこ》がずらずらと植えてあります。この枸杞というのは、葉をおひたしにしたり、枸杞飯にしたり、なかなか精分のつく薬用植物らしいのです。陣内老人は毎朝早くやって来て、その葉をしごいて笊《ざる》に入れ、持って帰ります。つまり毎朝食べているのでしょうな。老人がかくしゃくとしているのは、きっとこの枸杞のせいに違いありません。

この老人が、ある朝、老妻を伴って、なにか憤然とした面もちで、私の家にのりこんで来たのです。私が玄関に出ますと、老人は勢いこんで口を開きました。

「貴殿の猫は、どうした？」

老人は、人を呼ぶのに、貴殿という呼称を常に用いるのです。こう呼ばれると、私もひとかどの侍になったような気がするから、不思議なものです。

「さあ。この二三日、見えないようですが――」

と私はおとなしく答えました。老人が何をたくらんでいるのか、まだハッキリしないものですから、こう受身に出たわけです。実際この二三日、カロの姿を全然私は見かけていなかったのです。すると老人の眼玉が、急にするどい光を帯びて、僕を睨みつけました。

「自分の猫ぐらいは、自分で管理して貰おう。おかげで当方は、大迷惑しておる」

「ほんとに困りますのよ」

と老夫人が傍から口を入れました。またもや何か仕出かしたなと、私はカロが憎らしくなりました。先だっても、陣内家の食卓から塩鮭をくわえて逃げて、弁償させられたこともあったのです。私はおそるおそる訊ねました。

「またあれが何かやりましたか？」

「やったどころの騒ぎでない」

老人は強い口調できめつけました。

「うちの天井板の破れから、猫の足がぶら下っておる！」

「ぶら下ってる？」

これには私もすこし驚きました。すると陣内老夫人が亢奮した身ぶりで、

「ええ。そうですよ。困りますよ。あたしゃ思わずキャッと悲鳴を上げましたよ。一体どうして呉れるんです！」

陣内老夫人は、ふだんは人づきあいも良く、善良な老婦人なのですが、よほど立腹したと見えて、つんけんした口をききました。

私は急いで老夫妻に、上《あが》り框《がまち》に腰をおろして貰い、粗茶を運び、おもむろに事情を聴取しました。老夫人の話によると、昨晩中天井裏で何か音がしていたそうですが、鼠だろうと思って放っておいたところ、今日の夜明け方、天井裏がめりめりと破れ、細長いものがにゅっとぶら下って来たそうです。夫人は直ちにはね起きて、懐中電燈で照らし出すと、そのものには茶色の毛が密生し、尖端にはするどい爪が生えている。

さすが気丈な夫人も、思わず悲鳴を上げたという話です。

「他人様《ひとさま》の天井から足を出すなんて、何と性悪な猫でしょう」

老夫人はそう言いながら、私の顔をにらむようにしました。まるでこの私が、天井を破った元凶だと言わんばかりです。それまで黙っていた陣内老人が、押えつけた声で凄味を利かせました。

「早くあの猫を、天井裏から引きずりおろして貰おう！」

もうあの猫とは主従の縁を切るから、そちらでいいようにして貰おう。そう言いたかったのですが、夫妻そろって私をにらんでいるものですから、つい気弱にも承諾し、仕度をして陣内家におもむきました。

陣内家は、家というよりも、バラックあるいは掘立小屋に近い建物で、部屋はもちろん一つしかありません。見るとなるほど天井板から、猫の足がぶら下っています。その形や毛並からして、カロの足であることは、直ぐに判りました。足はぶら下ったまま、じっと動きません。老人の指はそれを差しました。

「早く処理して貰おう」

カロを引出すのに、私は大汗をかきました。なにしろ足場は悪いし、天井板だってヘナヘナでしょう。あんな薄っぺらな天井では、カロが踏み破るのは当然の話です。やっと引下すとカロはすでに死んでいました。眼は白くなり、歯はむき出し、苦悶の表情がありありと見えました。鼠取りの毒団子でも食べたのだろうと思いますが、それにしても何故陣内家の天井に這い込んだのか、その間の経緯は一切不明です。こうしてカロは最後まで、私に迷惑をかけました。あるいはこんなところで死んだのも、私への厭がらせだったかも知れません。

　カロの死骸は即座に引取って、庭の一隅に埋葬いたしました。

　翌朝、陣内家より、ツケが廻って来ました。見ると天井板破損料三百円、慰藉料二人前八百円、などと書いてあります。慰藉料というのは、猫の足を見て驚愕したり、不快を感じたりしたことの慰藉らしいのです。一人当り四百円ずつ、驚愕や不快を感じたのでしょう。いい加減なことを言うなと黙殺するつもりだったのですが、翌日から老夫人がやって来て、玄関で坐り込み戦術に出たものですから、とうとう私も根負けして、千百円持って行かれてしまいました。折角貴方から頂いた猫でしたけれども、おかげで私は大損害を蒙ったわけです。と申しても、別段貴方に弁償して呉れと言うのではありません。行きがかり上、事の次第を御報告申し上げたまでです。まことにひねくれた迷惑な猫でありました。

　これでもう生き物を飼うのは止そう。しみじみとそう決心したのですが、面白いものですねえ、カロ死亡の翌々日の昼頃、見知らぬ黒斑《くろまだら》の猫が垣根をくぐり、ニャアと鳴きながら、縁側にのそのそと上って参りました。そして私の傍にすり寄り、咽喉をぐるぐる鳴らしたり、背中をすり寄せたり、媚びるような、妙に慣れ慣れしい態度をとるのです。私はしばらく見て見ぬふりをし、相手にならないでいたのですが、いつまで経っても立ち去る気配がない。だんだん気味が悪くなって参りました。カロの怨霊がついているのではないかと思ったからです。ついにその猫が、図々しくも私の膝の上に這い上ろうとしたものですから、ついに私もたまりかねて蝿叩きを握り、頭や胴体をピシピシ殴り、あわてて庭に飛び降りたところを、私も足袋はだしで飛び降り、追っかけに追っかけて殴りつけました。猫は大狼狽して垣根にかけ上り、宙をふわっと飛ぶようにしてどこかに姿を消しました。

　するとその夕方、薄暗くなった庭の隅で、ピーコピーコという変な鳴き声が聞えるものですから、何だろうと庭に降りてみますと、なんとまたこれが猫の声なのです。生後一箇月ほどの猫が二匹、ピーコピーコと鳴き交しながら、縁側の方にそろそろと近づいて来るのです。ギョッとしましたな。大急ぎで両手で二匹の頸《くび》をつまみ上げ、陣内家の近くまで小走りに走って、そこらにぽいと投げ捨て、また小走りで家に戻って参りました。そして扉や雨戸をすっかりしめ、どこからも猫が入れないようにして、やっと大きな深呼吸をしました。どうしてこんなに次々に猫がやってきたのだろう。まさかカロの怨霊が、あちこちの猫に乗り移ったわけでもなかろうに、などとあれこれ考えている中、卒然として思い当るところがあり、私は思わず、はたと膝を打ちました。あの猫たちは、カロの死去を知り、その後釜に入ろうとしてやって来たのではないか。それに違いない。

私が住んでいるこの界隈は、どういうわけか犬や猫がとても沢山いるのです。道を歩いているのも、うっかりすると人間よりも犬猫の方が多い位です。だから自然彼等の間に、一種の情報網みたいなものが発達していて、どこそこで猫が死んだから飼主が空いているとか、どこそこではもう一匹ぐらい飼いたい意志があるらしいとか、そんな風な情報が次から次へ伝わって行くのではないでしょうか。そうとでも考えなければ解釈がつきません。つまりさっきの黒斑猫と仔猫たちは、私に飼って貰おうと思って、お目見えに来たに違いないのです。

ところが今書きましたように、私がむげに彼等を追い返したものですから、どうもあそこは猫はダメらしいという情報が、近所の猫界一般に散らばったらしいのです。猫の来訪は翌日からピッタリと途絶えましたが、その代りに今度は犬がやって来たのです。猫がダメなら犬ならどうだというつもりなのでしょう。それはなかなか堂々たる体格の犬でした。私は犬については、ほとんど知識はありませんが、見たところどうも純血種ではなく、雑種らしいのです。どこかセパードにも似ているし、秋田犬みたいなところもあるし、またブルドッグ的要素もあるし、テリヤのような風情も持っておるし、どう見ても純血という柄ではありません。この犬がいつの間にか、私の家の縁の下に住みついてしまったのです。猫と異って、犬の宿所は戸外ですから、つい気が付かなかったのですが、私の家に押売りがやって来る度に、庭をかけて来て咆《ほ》え立てる犬がいる。なかなか感心なような、またお節介なような犬がいるものだ、と思って注意して見ますと、私にピョコピョコと尾を振って、それから縁の下にごそごそと這い込む。縁の下に何があるのかとのぞいて見て、驚きましたな。ちゃんとそこに巣がつくってあるのです。巣と言っても、わらむしろを一枚地べたに敷いただけ。そしてどういうつもりか、お釜敷きに似た五寸四方の木箱を置いてある。犬はむしろに長長と寝そべり、顎をだらしなく木箱に乗せ、私の顔を斜めに見上げながら、これは私の眼の錯覚だったかも知れませんが、ニコニコと愛想笑いをしたようです。うんざりしましたよ。むしろも木箱も、どこからかくわえ込んで来たものに違いありません。しかし、主人に相談もなく巣をつくるなんて、なんと横着な犬でしょう。よっぽど棍《こん》棒《ぼう》をふるって追い出そうと思ったのですが、猫と違って、押売りには咆え立てるし、夜の用心にもなるし、と思い返して、追い出すのだけは許してやりました。つまり黙認することにしたわけです。これはあくまで黙認であって、飼犬としてのアグレマンを与えたわけではありませんが、一応名前だけはエスとつけてやりました。ところがエスの方では、名前を付けられたからには、主従の契約が成立したと思ったらしく、来る人来る人に咆えついて、大いに忠節を尽し始めました。

　私の家にも、日に四人や五人の来訪者があります。来訪者は勘定取りや集金人、押売りに税務吏員のたぐいで、おおむね私に不利益や損害をもたらす客ばかりなのです。ことにここらは押売りが多いところで、日によっては応接の暇もないほどやって来ます。ふしぎなことに、彼等が持って来るのは必ずゴム紐ばかりで、他の品物は何も特っていない。日本のどこかに、よほど大規模なゴム紐製造工場でもあるのでしょうか。

言い合わせたようにゴム紐一点張りで、一々買い取っていた日には、家中ゴム紐ばかりになってしまうでしょう。売品は一律ですが、しかし彼等の押売りの態度は千差万別です。脅迫型。泣落し型。無口型。シャベリ型。いろいろですねえ。それに対して私の方は、睨み返し型かニコニコ型、この両方を適宜に使って、御引取り願うことにしています。

此の間やって来たのは、新手の証明書型というやつでした。中肉中背のがっしりした男で、いきなり身分証明書みたいなものを突きつける。しゃがれた低い声で、柔道で、身体をいためて、余儀なくこんなことをしている、決して乞食ではない、だからこのゴム紐を買って呉れ、そんな意味のことをぶつぶつしゃべるのです。しゃべるだけしゃべらして、相手が黙ったところを、私はニコニコして、

「ああ、間に合ってますな」

と言いました。するとその男は、じろりと私をにらみつけ、急にすごい声を出しました。ここらが彼の演出の眼目なのでしょう。

「その前に何か言うことがあるだろう！」

そうあっさり断らずに、何か同情の言葉でもかけろ、と言うつもりらしいのです。

ところが私が相変らずニコニコしているものですから、そいつは拍子抜けしたように、なにか捨台辞《すてぜりふ》を残して、がちゃんと扉をしめて出て行きました。このニコニコ笑いが中々むつかしいのです。これがニヤニヤ笑いだと、かえって相手を刺戟して、悪い結果にならないとは保証出来ません。空気の如く透明な、白痴の如く純粋な、そんな笑い方なのです。よほどの人物でなければ、私のようなニコニコ笑いは出来ません。

　こんなのもいました。私が玄関に出て行くと、丁度侍が刀の柄《つか》に手をかけたような恰好で、そいつが立っています。私の顔を見るなり、大刀を引っこ抜くといった型で、脇の下から、ゴム紐をさっと引っぱり出しました。なかなか鮮かな型で、私は内心すっかり感心しました。

「さあ、これを買わねえか」

　こういう派手なのに対しては、睨み返しが最も有効なのです。睨み返しといっても、別段睨むのではありません。仮面のように無表情になって、相手をひたすら眺めるという方法なのです。いささかの表情を浮べてもいけないのです。ここらのかね合いが、至極むつかしい。派手な切出し方をした奴に限って、この手を使用すると、相手は力の入れ場がなくなり、すっかり困ってしまうらしいのです。

この二つの型は、押売りに対してだけでなく、あらゆる人物や事象に対しても割に有効ですので、私は交互に使用することに決めています。ゴム紐をほうり投げるようにして、玄関の板の間にずり上って来る奴もいますし、涙ぐんでしょぼしょぼ頭を下げるばかりのもいます。押売りの外には、暴力クズ屋がいます。いきなり庭に入って来て、黙ってそこらを物色する。縁の下から空瓶を勝手に持って行ったりするのです。これは押売りよりも苦手ですね。

「クズ物はないよ」

と言っても、

「あるじゃねえか」

とすご味を利かせて、台所口や裏庭まで廻り、探して持って行くのです。十五六歳ぐらいの少女たちが、六七人組になって、そんな具合にやって来るのがいます。てんでに庭に乱入して、縁の下だの風呂場などを探し廻るのです。いつかなどはその一人が、土足のまま台所へずり上って来たものですから、流石《さすが》の私もニコニコ笑いでは済まされず、捕えてやろうとヤッと懸声をかけて飛びつきましたら、キャッと悲鳴を上げ、大いに身悶えをし、ついに私を振り切って、仲間ともども一目散に遁走して行きました。女ながら相当に腕力もあったようです。抱きしめた感じでは、肩や胸あたりももうムチムチと肉がついて、少女の域をすでに脱しているような感じでした。まあこんな具合にいろいろなのがやって参りますが、貴方のような考え方に従えば、これも政治が悪いということになるのでしょうねえ。

こういう悪者たちが、エスが縁の下に寓居《ぐうきょ》するようになって以来、あまり来訪して来なくなったようです。もちろんエスが懸命に咆え立てるからです。門を入って来る人影があると、エスはすばやく縁の下から這い出して、低くうなりながら、手負猪《ておいじし》のように猛り立って走ってゆく。すると人影はくるりと廻れ右して、あわてて門の外に出て行きます。一体に彼等は犬を大の苦手とするらしいのです。人間を怖がらずに犬を怖がるというのが、彼等に共通な特色のようです。

彼等が来訪するのはおおむね午後で、午後は大抵エスが在宅中ですから、彼等は門内には入れません。午前中は別です。午前中はエスはいないのです。なぜいないか、その間の事情は後段において申し述べることにいたします。

こういう事情で、私はエスと主従の契約を結んだわけではないのですが、押売りや税務吏員を撃退して呉れる関係上、報酬として残飯などをエスの面桶《めんつう》（さっき書いた五寸四方の木箱のことです）に入れてやることになったのも、自然の人情と言えましょうか。エスは割に食物の好き嫌いはないようですが、ちょっと妙なところがあって、待ちかねたようにガツガツ食べる時と、面桶に入れてやってもそっぽ向く時と、二通りあるのです。そのことが先ず私の興味をひきました。

それから注意して観察していますと、大体夕方の食事はガツガツと食べるが、昼間に与えるとあまり食べたがらない、ということがしだいに判って来ました。私は幼ない時から生物学者的素質がありまして、その方面で名を上げたいと志したこともあるほどですから、生物観察は得意なのです。しかし何故エスは昼間食慾がないか、この解釈は私ほどの才能を以てしてもなかなか難渋なことでした。太陽との関係かと一応の仮説は立ててみましたが、それもどうもおかしい。もぐらやミミズなら知らず、陽が照っているからといって、犬の食慾が減退するとは、前代未聞のことです。私も時に酒を飲み、二日酔をすると、朝昼はどうしても食えず、やっと夕方になって食慾が出る。それと同じかとも思いましたが、犬が酒をたしなむ訳がないし、従って二日酔をする筈がありません。あるいは寄生虫のせいかも知れないぞと、なおも相変らず観察をつづけている中に、エスの生活に不思議な節《ふし》があるのを発見しました。それはエスの我が家に於ける在宅時間のことです。

さっき書きましたように午前中はおおむねエスは縁の下にはいないのです。例外はありますが、大体十一時か正午頃、どこからともなくエスは姿をあらわして、ごそごそと縁の下にもぐり込むのです。そういう時に残飯を与えても、あまり見向きもしない。

夕方食事を済ませ、エスはまた縁の下にもぐりこむ。しょっちゅうもぐり込んでいるわけではなく、時には散歩に出たり、メス犬を追っかけたりすることもあるようですが、生れつき出不精な犬と見え、ねぐらに寝そべっている時間の方が多いようです。午前中は大体どこに行っているのでしょう。

ある夜のことです。私は街で酒を飲み、午前一時頃酔っぱらって家に戻って参りました。たいてい私の帰宅の折には、エスが門まで出迎えるのが常ですが、どうしたものかこの夜は出迎えない。ふしぎに思って庭に廻り、縁の下をのぞきながら、

「エス。エス」

と呼んでみました。ところが返事が全然ありません。よく見ると、ねぐらの中にエ

スの姿はないのです。月光に照らされて面桶が一箇ころがっているだけ。正式に飼っているわけではないが、主家防護の任を忘れて夜遊びに行くなんて、大それた犬だとその時は少々憤慨しましたな。

それから、その翌日から一週間ばかり、エスに気付かれないようにそっと注意していますと、次のようなことが大体判って来ました。すなわちエスは、昼間から夕方、それから日が暮れて午前零時頃まで、私の家の縁の下のねぐらにいます。零時を過ぎると、ねぐらからごそごそと這い出し、いずこへか姿をくらましてしまう。そして夜が明けて午前十一時か正午頃、何食わぬ顔で垣根をくぐって戻って来るのです。一体全体どこに遊びに行くのでしょう。

エスの生活におけるこうした疑問が、ついに氷解する日が来ました。それはついこの間のことです。日曜日の朝のことでしたが、うららうらと好い天気で、もうそろそろ土筆《つくし》が出ているかも知れないと思い、私は近所の川べりに散歩に出かけたのです。すると向うから、犬を連れて歩いて来る男がいる。やはり散歩らしいのです。犬は嘻々《きき》として、草の芽を嗅いだり、片足あげてオシッコをしたり、じゃれ廻りながらついて歩いていましたが、だんだん近づいて見て、すっかり驚きましたな。それがエスだったのです。

エスは私の顔をちらと見ました。そして立ち止って、ちょっと困ったような顔をしました。ところが先を歩いていたその男が、

「ジョン！」

と呼んだものですから、エスは眩しげに視線を外らし、尻尾をピョコピョコ振って、その男の方に走って行きました。私は手にしていた土筆の束を、思わず取落していましたよ。どうも変だ変だと思っていたら、エスはよその家とかけもちで飼われていたんですな。

その男は、私も顔だけは知っています。私の家から一町ばかり離れたところに住んでいる大沼という男で、都庁かどこかの課長を勤めているという話です。四十がらみの、いかにも役人らしいこせこせした顔付の男で、私はあまり好きそうになれません。エスはこの大沼家ではジョンと呼ばれているのです。

それからだんだん調べたところによると、エスは午前零時から正午頃まで、大沼家の犬小屋に住み、大沼家を守護しているらしいのです。朝食は大沼家で支給される。あとの半日は私の家で過し、そして夕飯を私から支給される。どうしてこういう生活

態度をエスが選んだのか、これは私の推定ですけれども、大沼という男は大層ケチンボで、犬に対しても朝飯だけしか食わせないらしいのです。犬というやつはもともと大食いだし、一日一食ではとても足りないでしょう。そこでエスは、最低の食生活を確保する必要上、どうしてももう一軒飼主を見付けねばならなかった。ところが偶然私の家ではカロが死に、アキが出来たというので、強引に入りこんで来たらしいのです。この数箇月間、ジョンとエスの二つの名を使い分けて生活して来たところなど、やはり相当なやつですな。

この食生活が原因だという私の推定は、おおむね当っているでしょう。まあ人間生活においても、生活の大ざっぱな基準は衣食住ということになりますが、『衣』の方は犬には必要がない。生れながらにして毛皮が具《そな》わっているからです。それから『住』という点では、私の縁の下に来ないでも、大沼家のでちゃんと間に合う。この間私は大沼家の塀の節穴から、そっとのぞいて見たのですが、ここの犬小屋はなかなか立派です。縁の下と異って、ちゃんとした独立家屋なのです。内には柔かそうなワラまで敷いてあります。何を好んでじめじめした縁の下にやって来る必要がありましょうか。

大沼夫婦はその時、庭の草むしりをしていました。私からのぞかれているとは露知らないものですから、草をむしりながら大きな声を出して、夫婦喧嘩をしていました。

「なんだ。最初から亭主の労働力を予定して買うなんて、そんなムチャな話があるか。俺に一言の相談もせず！」

　これは大沼の声です。すると夫人が、

「だって、もともとそんな具合に出来てるんですよ。夫婦の間柄だから、その位のことして下さってもいいじゃないの！」

「してやらないとは言わん。しかし何故、一応俺に相談しないんだっ！」

「判りもしない癖に、相談出来ますか！」

　二人とも口争いに亢奮して、草花を雑草と間違えて引っこ抜き、あわてて植え直したりしていました。なんでも大沼夫人がワンピースの服を買ったらしいのですが、その女唐服《めとうふく》というのが、背中に縦にずらずらとボタンがついているやつで、着たり脱いだりする時、誰か他人手《ひとで》を借りなければボタンのはめ外しが出来ない式のものらしいのです。大沼が怒っているのは、そのはめ外しの役目を亭主に想定している、相談なくして亭主を働かせようと企んだ、その点なのです。聞いている中に、私は笑いがこみ上げそうになって来たものですから、あわてて節穴から離れました。大沼夫人というのは、小柄ながら風船玉みたいに肥った、ガラガラ声の女性です。ここら界隈の女の中では、その体軀と弁舌によって、ウルサ型に属する傑物なのです。

まあこう言った具合で、エスの二重生活の原因は食生活にあり、と推定したわけです。でも、それならばそれでよろしい。一日に面桶一ぱいの残飯でもって、押売りや税務役人を撃退出来れば、私としてはむしろ得してることになるでしょう。そう思ってエスの存在を容認していたのですが、必ずしもそうでない事情が持ち上ったのです。

それは昨日のことでした。

昨日の午後です。私が茶の間に寝ころんで、ラジオを聞いていますと、庭先の方で、

「ごめんください。ごめんください」

と言う女の声がしました。オヤとばかり私は起き直りました。来訪者らしいのに、エスが全然咆《ほ》え立てなかったからです。変だなと思って縁側に出て行くと、そこに立っているのはまさしく大沼夫人でした。これではエスが咆えないのも当然です。私は訊ねました。

「何か御用ですか?」

「ええ、ええ。ひとつ御相談したいことがありましてね」

ガラガラ声ながら、どこか険を含んだ声音です。私は急いで座布団を出し、縁側に腰をおろして貰いました。見ると夫人は黒っぽいワンピースを着ています。縁に斜めに腰かけている関係上、その背中がすっかり見えるのです。背中の一番上から腰のあたりまで、まがい真珠のボタンが、縦に一列ずらずらと並んでいます。ボタンの数は三十ほどもありましょうか。これじゃ大沼亭主の苦労も察せられますな。私は思わず笑いがむずむずとこみ上げて来て、それを押えるのに苦労しました。

「まあ図々しい」

夫人がふっとひとりごとを言いました。彼女はさっきから、ちらちらと横目で縁の下のエスの方を見ていたのです。庭先に入って来た時から気にしていた風なのです。

「あのお釜敷きも、あたしんちのだわ。いつの間にくわえて行ったんだろ」

面桶のことを言っているらしいのですが、私は聞えないふりをして、おもむろに訊ねました。

「さて、どういう御用件でございましょう?」

「ジョンの注射代ですよ」

と夫人はぐいと顔をねじ向け、切口上で言いました。

「ジョンの注射を昨日済ませましたからね、半額お宅で受持っていただきたいのよ」

「ジョン？」

と私はわざと訝しげな表情をこさえました。

「ジョンというのは、何ですか？」

「何ですかって、そこに坐っているじゃありませんか」

夫人は憤然とした面もちで、エスの方を指差しました。するとエスはのそのそと縁の下から這い出し、柿の木の根元にうなだれて坐りました。自分のことが問題になっている、それも風向きのいい問題ではないということを、動物的直観力で悟ったのでしょうな。うなだれながら、時々ちらちらとこちらをぬすみ見しているようです。

「半分はお宅で飼ってるんでしょ。注射代半分持つのは、あたり前じゃないの」

「僕はこの犬を別段飼ってるわけじゃありませんよ」

と僕は抗弁しました。

「エスが勝手に住みついたんですよ。当方に責任はありません」

「そら、今、エスと言ったじゃありませんか」

と夫人は言いつのりました。

「名前をつけたということは、飼ったということですよ。飼わなきゃ、何で名前なんかつけるんです？」

「いや、僕は昔から、犬はどの犬でも全部エスと呼ぶことに決めてるんです」

「そんな弁解は通りません！」

そして夫人は縁側をピシャリと叩きました。

「じゃお宅はジョンに、食事なんか全然与えてないのね」

「ええ。でも残飯なんかを捨てると、勝手に食べているようですが……」

「まあ、なんて図々しい言い方でしょう」

夫人の眉の根がぐいとふくらんだようです。そこら辺の静脈が怒張したんでしょうな。私としても、何も夫人を怒らせたい気持はないのですが、ここで折れると注射代を半分持たねばならないので、必死です。

「大沼はね、初め誘拐罪であなたを訴えるとまで言ってましたのよ。それなのに――」

「誘拐なんかするものですか。こんな薄汚ない犬」

「薄汚なくてはばかり様。これでも三千円出して買ったんですからね」

こんな見っともない論争が、二十分ほども続いたでしょうか。最後に大沼夫人は、きっと首をふり立てて、宣言するように言いました。

「じゃ、よござんす。どうしてもお払いにならなければ、明日からあたしはここに坐り込みます」

ギョッとしましたな。きっとあの陣内老人が、あそこの家は坐り込めば金が出る、なんてしゃべったに違いありません。そうでもなければ、大沼夫人が坐り込み戦術を考えつく筈がありません。

私は今この手紙を茶の間で書いているのですが、縁側には大沼夫人が、手弁当持参で今朝からでんと坐り込んでいるのです。全くうんざりします。僕はもともと気が弱いたちですから、明日にもなれば根負けして、前の陣内老人の場合と同じく、結局注射代半分を大沼夫人に持って行かれることになるでしょう。注射代それ自身はさほど高くはないのですが、エスをうちの飼犬だと認めると、やれ首輪買ったから半分出せとか、人にかみついたから慰藉料を半分持てとか、いろいろ言って来るにきまっているのです。大沼夫人とはそういう女性だと、近所でも評判なのですから。

それともう一つ。陣内老人がせっせと作っているうちの庭の畠を、エスが遠慮なく踏みつけたり掘り返したりするものですから、いつか老人が文句をつけに来たことがあるのです。その時は、これはうちの犬ではないの一点張りで、お帰りを願ったのですが、ここでうちの犬だと認めれば、大沼夫人が陣内老人にその旨をしゃべるにきまっています。そうすれば二三日中に、作物荒しの弁償をしろと、陣内老人が勢いこんで拙宅に乗り込んで来ることは、火を見るより明かなことです。あれやこれやを考え、行く末を思いやると、眼の先がまっくらになるような気がいたします。

　以上、とりとめもなく近況御報告申し上げましたが、このような事情でございますので、拝借の金子返却の儀、もう暫《しばら》く待っていただけませんでしょうか。いえ、踏み倒そうという気持は毛頭ございません。しょっちゅう気にはかけておりますものの、生来の貧乏性、なかなか金策のめどがつかず、心ならずも不義理を重ねておる次第でございます。事情御諒承の上御寛容下さらば、欣快《きんかい》これに過ぐるものはございません。
先ずはお詫びかたがた近況御報告まで。

　貴下の隆盛と万福を切に祈りつつ。草々不一。

（「文學界」一九五三年五月号）

カロ三代

私の家は、猫運にめぐまれていない。

この三年ばかりの間に、三匹猫を飼い、三匹とも次々に死んで行った。三匹と言っても、一時に三匹飼ったのではない。一匹が死ねば、次にまた一匹補充するという具合にして、つまり三代にわたって、飼ったわけである。名前も、最初のやつをカロと言ったから、二代目三代目も、それを引継いで、同じ名前のカロ。この三代目のカロが死亡したのは、ついせんだって、今年の六月二十四日か五日頃と推定される。それ以後、私の家は、猫を飼わない。

妙なもので、初代二代目カロの毛並や顔かたちを、私はもう覚えていない。全然忘れてしまっている。憶い出そうとすると、すぐ三代目の風貌にかさなってしまう。

初代のやつは、近所の岩崎栄さんの家から、生れたばかりのを貰ってきた。べつだん可愛がろうと思って貰ったのではなく、家に鼠が跳梁して困ったからだ。実際その頃、家には鼠がたくさん棲んでいた。その鼠族の首領みたいな老鼠などは、大きさも仔猫ほどもあり、そいつが平気で、寝ている枕もとを歩き廻ったりする。悠容迫らず、一種の威厳さえ具えていた。私はこの老鼠を憎んだ。どうにかして捕えたいと思ったが、こいつはなかなか智能が発達していて、鼠捕器などには、絶対にかからない。素手でとらえようなど、動作のにぶい私には、不可能のことである。私たちはこの老鼠を、『猫もどき』という渾名で呼んでいた。軀が大きく、猫ほどもあるからである。この猫もどきを頭《かしら》にいただく鼠聯隊《れんたい》や予備隊が、日毎夜毎、柱をガリガリ齧《かじ》り、押入れの壁に穴をあけ、食物や衣類などをめちゃめちゃにしてしまうのだ。机の上の、原稿用紙を齧られたことさえある。苦心してやっと書き上げた小説を齧られては、私でも腹が立つ。

　初代カロが、この猫もどきを仕止めたのは、家に来て半年後である。日記にまでつけてあるところを見ると、私もよほど嬉しかったのであろう。「近来の快事なり」などと記してある。

猫もどきが死んで以来、鼠族の跳梁は頓《とみ》に減少し、間もなくすっかり居なくなったようである。初代カロは、実に機敏な猫であったし、また首領を殺された関係もあって、天井裏の聯隊は、赤城山の忠次一味みたいに、思い思いの方向に四散して行ったのだろう。鼠というものは、不利な環境には、絶対に棲まない動物である。

その初代カロは、それから一年後、近所で仕掛けた毒団子か何かを食べたらしく、物置の中で斃死《へいし》していた。遺骸は庭のすみに、私が埋葬した。墓などはたててやらない。埋めただけである。今はそこに、蕗を植えているが、よく育つし味もいい。遺骸が地下で分解して、肥料の役目を果たしているのだろうと思う。

それから直ぐ、また猫を飼った。これは雌猫で、あまり特徴がなかった。ヘビやトカゲが大好物らしかったが、家の中に持込んで来るのには困惑した。三尺ばかりの縞蛇を、書斎にくわえ込んできて、私の眼の色を変えさせたこともある。その縞蛇はまだ生きていて、私の方に鎌首をもたげ、赤い舌をチロチロと出した。

この二代目は、やがて妊娠し、どういう関係からか流産して、古行李の中で死んだ。死んだのは、昨年の二月。縁側に出した古行李の中で、ケイレンを繰返しながら、死んで行った。丁度その時、『隊商』の吉田時善君が遊びに来ていて、私と話しながらも、その方が気になるらしく、横目でチラチラと古行李の方をにらんでいた。最近号の『隊商』に、彼はこう書いている。

「わたくしは、かつて或る人を訪ねた時、縁先に出したやぶれ行李の中で、その家の猫が流産をして、きたない毛布にくるまって、ひくひくと鼻を動かしながら、のこりすくなくなった生命のうつろいにじっと耐えているのを見たことがあった。わたくしがそこにいるあいだに、猫は、死んだ。さらに、わたくしには、斎藤茂吉の『自動車に轢かれし猫はぼろ切れか何かのごとく平たくなりぬ』という歌にあらわれた猫のはかない生命のことも、自然に想い出された。すくなくとも、生命の充実感がいかに見事な印象であろうとも、一匹の猫に羨望をいだくほど、無意味なことはないにちがいない。（中略）猫はやはり猫にすぎないのだが、そのことに気がつくまで、すこし時間がかかった」

吉田君は文学青年だから、こういう文章を書く。のこりすくなくなった生命のうつろいに、じっと耐えていたかどうか、よく憶い出せないけれども、カロがやはり猫にすぎず、猫らしく死んだのは、事実であろう。遺骸は、死産児もろとも、初代カロの隣りに、穴をほって埋めた。やはり墓はつくらず、その代りに、山椒の木を植えた。

これも発育がよくて、現在は三尺ばかりの高さとなった。野生のそれでなく、アサクラ山椒という、香の高い山椒である。近頃では、朝飯の味噌汁などに、浮かせて食べる。この葉は、駆虫の功も果たすと言うから、まことに重宝な植物だ。

この二代目カロが死亡して三日目に、どこからともなく仔猫が二匹、私の庭に迷いこんできた。一匹は黒猫で、一匹は赤トラ。家人が物好きに、二匹とも上にあげて、一晩過させたところ、黒猫の方は、畳の上に放尿する習癖があることが判り、これは落第。赤トラの方が、三代目カロを襲名することとなった。黒猫は、近所の原っぱに捨てた。

カロは見る見る大きくなった。こんな成長の早い猫を、私は今まで見たことがない。半年ほども経つと、近所中で一番巨大な猫になってしまった。雄猫で、尻尾も長い。いつか畳に押えつけて、鯨尺で計ってみたら、鼻の頭から尻尾の先まで、大体三尺ばかりもあった。体軀もそれに応じて、ぼったりとふくらみ、あぶらぎっている。動作も、わざとやっているみたいに、にぶく重々しい。ある種の代議士の動作に似ている。

ほとんど一日中、台所とか縁側などに、じっと寝そべっている。何にもすることがないみたいだ。

「何というヤクザな猫だろうね」

と私は、家人相手に、嘆いたこともある。

「これはもう、猫というより、豚だね」

実際カロは、一日中、食べることばかり考えているように見えた。人間が近づくと、細い目をあけて、ニャアと啼きながら、こちらを観察する。手に皿とか鍋とかを持っていると、急いで起き上って、台所のすみにかけてゆく。そこにはカロ用の皿が、置かれてあるのだ。そして、ニャアニャアと啼《な》きながら、食事をうるさく催促する。そういう時だけは、動作も素早かった。根っから動作がにぶいわけではないのである。

カロはなかなかの美食家であった。家人が餌をやりすぎていたせいもあるだろうが、たとえば、鰹節をかけた飯を与えると、上にかけた鰹節だけを食べる。あとは見向きもしない。近所の猫が、忍び込んで食べるのに、まかせている。どうも腹が減っていても、他に旨いものが食えそうな予感がする時は、食べるのを辛抱しているような様子さえあった。

前に書いたように、動作が重々しいので、子供たちの相手には好適であった。当歳の男児が、カロをかまうのが好きで、ごそごそ這って行って、カロの耳を引っぱったり、毛をむしったりする。カロはそれに抵抗は全然しない。迷惑そうな表情で、なすがままに任せている。義理でお相手をつとめているような風情がある。五分間ほども相手をしていると、もうこの位でよかろうといった顔で、のそりと歩き出す。子供に爪を立てないのは、一応感心ではあるが、その表情や動作が、いつからか私の気に喰わなくなっていた。

カロに対して、何かなおざりに出来ないような、ほっとけないような感じを、私が持ち始めたのは、いつ頃からだったか、どんな動機からだったか、もう憶い出せない。はっきりした動機はなく、自然とそういう具合になったのだろうと思う。

猫をかまったり、こらしめたり、いじめたりするには、竹の蠅叩きが一番有効であることを、私は発見した。棍棒とか箒では大げさ過ぎるし、第一座右には置いとけない。と言って、火箸か何かでは短か過ぎて、急場の役に立たない。蠅叩きが一番適当なのである。これなら相当力が入るし、もっと腹が立った場合には、先端の丸い部分を、平らにではなく、横にして叩く。この方法は、相当な利き目がある。これは私が、自分の膝や臑《すね》を実験台にして、試みてみたことだから、確実である。当り場所によっては、呼吸がとまるほど痛い。

私はこの蠅叩きを、五本ほど買い求め、居間に三本、書斎に一本、台所に一本、常備して置いた。もちろんカロを打擲《ちょうちゃく》するためである。蠅を叩くためには使用しない。蠅のためには、も少し安物の蠅叩きを使うようにした。蠅とカロを一緒に叩いては、カロに悪いという気持でもあったが、第一には兼用では、意味が薄れると思ったからである。カロが死ぬまでに、このカロ叩きは二本が完全に破損し、使用出来るのは三本だけになっていた。頻繁に使用したせいもあるが、あまり頑丈に作られていなかったためでもある。もっとも蠅を叩くだけなら、もっと保ったに違いない。だからこれは、製造した職人の怠慢とは言えないだろう。

画家の秋野卓美君が、時々私の家に、遊びにやってくる。さすがに画家だから、いろんなものの形に興味を持つようだが、カロに対しては特に興味を覚えたらしく、椅子の上に乗せて、写生を試みたりする。

カロは、赤ん坊からかまわれる時と同じように、迷惑そうな表情で、ポーズをとっている。ポーズは秋野君がつけるのだ。かなり乱暴なやり方で、肢を引っぱったり、顔をねじ向けたり、尻尾を曲げたりする。カロは厭な顔をしているが、それでも一応言うなりになって、指定されたポーズを保っている。しかしそれも、五分ぐらいの間だ。もうこれで義理を果たしたという恰好で、のそりと体をおこす。

「こらッ」

と秋野君が怒る。怒ったって、カロは平気なものだ。つかまえようとすると、ヒラリと手をすりぬけて、庭へ飛び出し、あとは悠々と歩く。他の猫みたいに、一目散に遁走するということはしない。人間が追ってくる範囲や限界だけを逃げて、あとは自分のペースであるくのだ。体力や神経の無駄な消費を、極度に避けているように見えた。

　また秋野君は時々、カロをつかまえて、頭に袋をかぶせてみたり、またあおむけにして、後肢を左右に開き、そこらあたりを忠実に観察したりもしていた。絵を画くには、先ず観察が第一であるし、その点において、私は秋野君の勤勉に一応の感服をする。あまりしばしば観察をするので、カロは秋野君の顔を見ると、命ぜられもしないのにひっくりかえって、肢を開いて見せたことさえある。

カロは顔に紙袋をかぶせられても、他の猫のように、絶対に後退りはしない。じっとしているだけである。眠ってしまったかのように動かない。ついに人間の方が根負けをして、袋をとってやる。

「このカロは、実にあなたに似てるですなあ」

ある時、秋野君が感嘆したように、そう言った。

「まあ飼い猫というやつは、その主人の性格に、そっくり似るものだそうだけれど」

「そうかねえ」

どういう点が似ているか、訊ねてみようかと思ったけれども、止しにした。もうその頃は、私はカロを放って置けないような心境になっていたし、猫叩きも盛んに使用していたので、似ているところをハッキリされては、すこし困るのである。秋野君は内心では、私とカロの類似点をあげたかったらしいが、私がふくれたような顔をしているので、それきり黙ってしまった。

そんなに腹を減らしている筈はないのに、我が家の食事時になると、カロはのそのそとあらわれる。私にはカロの心事が、ちゃんと判っている。食卓にどんなものが並んでいるか、それを偵察に、またあわよくば、かすめ取ろうという魂胆なのだ。実際に、私が座にいなくて、子供たちだけの時など、カロはしばしば卓上のものをくわえて逃げた。

しかし、私が坐っている場合は、食卓をねらっているのではない、ただ部屋を通り抜けるだけだ、という表情と物腰で、のそりのそりと歩く。その際でも、カロは、ちらと横目を使って、卓上をぬすみ見ることは忘れない。それが私を怒らせる。私の右手は、もう私自身が気が付かないうちに、猫叩きをつかんで振り上げている。

私があまり打擲するものだから、ついにカロは、私の眼の前では、黒豹か何かみたいに、肢を曲げ、背中を極度に低くして、すり足で歩くような習慣になってしまった。私が猫叩きを摑むと、パッと電光のように走って逃げるのである。そうなればそうなったで、私はますます癪《しゃく》に障ってくる。最初の頃は、何か理由があった時、つまりカロに何か落度があった時しか、猫叩きを使用しなかったのに、しだいに私は、随時それを使用するようになってきた。随時と言っても、私は心の中では、ちゃんとその理由を見つけている。つまり、一昨日魚をくわえて逃げたではないか、とか、一週間ばかり前に泥足で上ってきたではないか、とか、本日叩く理由はちゃんと持っている。

その折叩きそびれたから、後ればせながら、今こらしめる訳である。そういうやり方を、家人はしばしば非難した。

「猫が一々、二日も三日も前のことを、覚えているもんですか。可哀そうだから、よしなさい」

しかし、猫にどの程度の記憶力があるのか、家人も実証的に調べたわけではない。だからその抗議には、私はとり合わない。カロが覚えているかどうか、もちろん私も知らない。それはカロのみが知っていることだ。しかし、カロが悪事を働いたことを、私が覚えているからには、私は猫叩きを使わないわけには行かないのだ。

台所の棚の辺で、カタリと音がする。食事中でも、仕事中でも、また来客中でも、私は猫叩きをつかんで、台所にかけてゆく。家人は呑気《のんき》な性質で、猫がいるというのに、平気で棚の上に、むき出しに魚や肉を乗せて置く。もしその犯人がカロであったら、私は怒り心頭に発して、カロを追いかけるのだ。カロの逃走するコースは、決っている。台所の土間から、風呂の焚き口をくぐって、風呂場に逃げる。焚き口は小さくて、私が通れないということを、ちゃんと知っているのである。そして風呂場で、私を嘲るように、ニャアと啼く。私は大急ぎで風呂場のガラス扉へかけ戻り、それを押し開く。するとカロは、水の流出口から表へ逃げるか、また焚き口をくぐってまた台所へ戻る。カロがその二つのどっちを選ぶかは、私の怒りの質量によって決定される。つまり、私がはなはだしく怒って、あくまでカロを追う決心の時は、表へ逃げる。私の怒りが中ぐらいの時は、カロは焚き口から台所へ戻る。私がしつこく追跡するかしないかを、カロは私の顔色や動作で、チャンと計算し判断してしまうのだ。私がカロを放って置けない原因の一半は、カロのそういう横着な計算力なのである。先代、先々代のカロには、こんな狡猾《こうかつ》な計算力はなかった。もっと愚直であった。

　そういう狡猾なカロでも、食卓上のものをぬすみ取る時は、さすがに気が動転して、冷静を欠くらしかった。大あわてして事を遂行しようとする結果、御馳走が並べてあるのにタクアンや芋の煮ころがしをくわえて遁走したりする。一升瓶のキルク栓をくわえて逃げたことさえある。しかし、おかしなことに、カロは、くわえて逃げたものは、必ず食べてしまうのだ。その心事が、私にはよく判らないが、キルク栓だって、半分ほど齧ってしまったのである。苦心してかすめ取ったからには、食わねば損だと思ったのかも知れない。

そういうカロに対する私の態度は、家内ではあまり評判がよくなかった。

秋野画伯までが、一緒になって、私を非難する。

秋野君のカロへのやり方は、はなはだ気紛れであった。ひどく可愛がってみたり、私の真似をして、猫叩きで追っかけ廻したりするのだ。

秋野君は、私の家にやって来ると先ず、勝手知ったる食器戸棚から、鰹節箱をとり出す。二十分ぐらいかけてゴシゴシ削り、ケズリ節を山のようにつくる。私は横目でそれをチラチラと見ている。

それから秋野君は、カロを呼びよせ、台所に連れて行き、山なすケズリ節を、ごそりとカロ皿に盛ってやる。この秋野君のサービスを、カロが喜んで食べることは勿論である。

秋野君がカロを残して台所から立ち去るとどこからともなく、猫叩きを手にした私の姿が、台所にひっそりと現われる。忍び足でカロに近づいて、その背中に一撃をあたえる。カロはケズリ節を放棄して、横っ飛びに飛んで、焚き口から風呂場へ逃げる。なぜ私が打擲するかと言うと、猫のくせに不当の贅を尽しているからである。

しかしカロは、ケズリ節に未練があるので、焚き口からちろちろと顔を出し、台所の様子をうかがっている。ところが私が、三分毎ぐらいに姿を現わして、猫叩きをピュッと振って示威を試みるから、カロといえどもやすやすと出て来るわけには行かない。私が根負けするのをじっと待っているだけだ。

そんな時、たまたま秋野画伯が、台所にやってくる。ケズリ節がほとんど残されているのを見て、画伯は激怒する。せっかく削ってやったのに、食べないなんて、猫のくせに贅沢だというのである。カロが贅沢だという見解においては、私も別の意味において同感なので、私と画伯はそこで一致して、めいめい猫叩きをふりかざし、カロを追っかけ廻すことになる。画伯は若いし、体力も走力もあるので、カロにとっては大敵である。懸命に逃げ廻って、松の木にかけ上ったり、屋根にかけ上って行ったりして、大騒ぎである。

一度、家中が皆留守で、私一人が家に残ったことがある。いつもカロに逃げられているので、今日は万全の策を講じようと思い、扉から窓から全部しめ切った。風呂場の焚き口も、煉瓦を積み重ねて、出入り出来ないようにして、それからカロを追いにかかった。私が扉や窓をしめている間、カロは縁側に寝そべって、横目で私のやることを眺めていたのである。狡猾だといっても、やはり猫のかなしさで、私のたくらみを見抜けなかったらしい。

猫叩きをふりかざした私の血相を見て、カロは狼狽した。飛び上って、風呂場の焚き口にかけつけたけれども、そこはダメ。ちゃんとふさがれている。カロは必死となって、私の足の下をすり抜け、玄関にかけて行く。玄関も窓も、どこにも隙間はない。うろうろしているところを、猫叩きが落下する。泣きたいような気持だっただろうと思う。また私の足をすり抜けて、疾走する。

二十分ほども、私とカロは、家中を縦横無尽にかけ廻った。私も疲れたが、カロも疲れたらしい。焚き口の煉瓦のそばにうずくまって、とうとう動かなくなってしまった。眼だけはらんらんと光らせ、じっと私を凝視している。猫叩きでひっぱたいても、低くうなるだけで、身動きもしない。立たせようと思って、猫叩きを腹の下にさしこみ、ぐっと持ち上げようとすると、猫叩きがしなうだけで、カロの体はびくとも動かない。いろいろやっているうちに、私を凝視しているカロの眼が、だんだん青味を帯びてきた。そして、今まで出したこともないような奇妙な声で、ギャアアと一声啼いた。あんまり不気味な声だったので、私はぞっとして、思わず猫叩きを投げ捨てて、書斎に飛んで帰った。やはり逃げ途をつくってやらねば、追っかけることの意味がないことを、その時しみじみと痛感した。

このことは、家人にも秋野画伯にも、とうとう話さないでしまった。話すことが、なんだか忌々しい気がしたからである。やがて家人が帰ってくると、カロは不断のカロに立ち戻って、ふつうの声でニャアと啼き、食物を催促したりした。私は、ほっと安心したような、また腹だたしいような気分で、その声を聞いた。

こういう沈着にして横着なカロでも、さかりの時期になるとソワソワと、落着かなくなってくる。

他の猫でもそうだと思うが、さかりの期間は、カロはほとんど食事をしない。家に居付かなくて、そこらをうろうろ歩き廻り、れいの妙な声を出して、雌猫と啼き交す。あの声は、私にとっては、ガラスを爪で引っかく音の次ぐらいにイヤな声なので、もしその声が近くであれば、私は猫叩きを両手につかんで、その現場に走ってゆく。遠くであるならば、その方向に石を投げつける。

カロはこの界隈で、一番巨大な体を持っているのに、喧嘩はあまり強くなかった。私の観察するところでは、猫の世界では雌猫の方が雄猫よりも、ずっと強い。強いだけでなく、兇暴である。鼠などを取るのは、大てい雌猫である。カロは、その弱い雄猫の中でも、また比較的弱い方であった。これは、食事はカロ皿に潤沢にあるから、闘争してまで食事を獲得する必要がない。つまり、争闘の経験や習慣に乏しいのである。だから、そこらの野良猫に、かなうわけがない。軟弱にして、性根がヤワなのだ。

それはまた、カロがしばしば鬚《ひげ》を切られたせいであるかも知れない、とも思う。前に書いたように、カロは一見おとなしくて、子供たちの相手には好適であるから、近所でも子供たちに存分にかまわれていたらしい。誰にもそういう心理があると思うが、あの猫の顔に、白い鬚がピンと張っているのを見ると、つい鋏でチョキンと切り落したくなるものだ。誰かの小説に、猫の耳を見ていると、切符鋏でパチンと穴をあけたくなる、というようなことが書いてあったが、これと類似の心理である。ことに子供たちのことだから、そういう衝動を、すぐ実行に移すのにちがいない。カロの鬚は、しばしば刈り取られ、満足に伸びきっているのを、見たことがなかった。ことわっておくが、私はカロの鬚を切ったことは一度もない。暴力をもって体の一部を毀傷《きしょう》するような、そんな野蛮で残酷な行為は、私は好まないのである。鬚を切ったのは、近所の子供たちだと書いたが近所の大人たちかも知れない。また、近所だけでなく、もっと近くにもいたかも知れない、と思う。ある日、午前中カロの鬚がチャンと生えていたのに、午後になると、それがすっかり刈り取られていたことがあった。私が見た範囲では、カロはその間、一歩も家から外に、足を踏み出さなかった。とすれば、鬚切り犯人は、家の中にいるか、家の中に入ってきたということになる。もちろん私は切らないし、家人も切る筈はない。だからその犯人は、秋野画伯であるとは言わないけれど、その時画伯が遊びに来ていたのは事実である。四つになる子供の証言によると、画伯は鋏をチョキチョキ鳴らしながら、縁側で自分の爪を切っていたと言う。カロはたしか、そのすぐ傍に、寝そべっていた筈である。

　まあ誰が切ったって同じことだけれど、鬚を切られると、猫はとたんに軟弱になり、闘争心を失うのだ。平衡感覚を失ってしまうらしいのである。

　そういう軟弱なカロであるから、さかりの時期、雌猫争奪戦において、カロはいつも敗北するらしい。恋敵からひっ掻かれて血を出したり、ドブに落っこちて泥だらけになったりして、しょんぼりと戻ってくる。こういう猫だから、雌描からも愛想をつかされていたのではないかと思う。これは私の想像だけであるけれども。

　二日に一度か三日に一度、そういう風にしょんぼり戻ってくると、俄然食慾が戻ってくるらしく、カロはがつがつと餌を食う。この時はもう、彼はさすがに美食家でなくなっている。汁かけ飯でも、パンの耳でも、何でもかでも、がつがつと食べる。カロ皿に何も乗ってなければ、野菜籠のジャガ芋や人参などまで齧ったりする。あさましいものである。そして、私からだけでなく、家人からも追っかけられて、逃げまどうのである。

今年の六月二十三日。

この日も、そういうさかり明けの日であった。カロは朝から、何となく落着かぬ風で、台所や縁側をうろうろしていた。丁度秋野画伯が遊びに来ていて、紙袋をかぶせられたり、尻尾を洗濯バサミではさまれたりしていた。画伯が、カロの尻尾を洗濯バサミではさむのは、何もカロをいじめるつもりではなく、絵の構図として研究していたのかも知れない。

その日、知合いの人から、大きな鱸《すずき》を貰った。家中大喜びで、今夜はひとつこれをアライにして食べようと言うわけで、台所で三枚におろした。秋野画伯も大の魚好きで、昼飯をぬいて、夕方になるのを待ちかねていたのである。

その三枚におろしたボッタリした大きな一切れを、ちょっとの油断を見すまして、カロがくわえて逃げたのである。私は丁度その時居間で画伯相手に、花札のコイコイをやっていたのだ。画伯は下手糞のくせに、大の花札好きで、いつも私のいいカモなのである。台所の棚のあたりで、ガタンと音がした瞬間、画伯はハッとした風に花札をほうり出して、立ち上った。私も思わず膝を立てた。

「カロの奴だ！」

二人が勢いこんで台所に走り入ると、カロはそれをくわえて、焚き口のところでぐいと振り返ったところである。大きな一片だから、口でくわえて、その端は土間にひきずっているのだ。私と画伯の血は、逆流した。

「こら待てっ！」

私たちの手には、何時の間にか、それぞれ猫叩きが握られていた。板の間を踏みならして、追っかけ、裸足で外に飛び出した。カロは鱸を地面に引きずりながら、懸命に裏の方にかけてゆく。私たちは夢中で走ったが、もう一息というところで、カロは竹の四ツ目垣をくぐり、隣りの庭に逃げ入ってしまった。隣りだって何だってかまわない。私たちはメリメリと、四ツ目垣をまたぎ越え、追っかけに追っかけた。しかしカロの脚の方が、ちょっとばかり速かった。

カロはそれをくわえたまま、隣家の床の下にもぐり込んでしまったのである。蜘蛛の巣だらけの低い床なので、もう私たちは断念する他はなかった。腹が立って仕方がないけれども、床の下にもぐり込んで鱸を取返しても、もう食いものにならないにきまっている。

「あ。あそこで食べてやがる」

画伯が指差したので、私もしゃがんで見ると、床下の奥の方で、カロが眼をキラキラ光らせながら、ピチャピチャと音を立て、旨そうに鱸を食べていた。画伯の胃のあたりで、ググウと鳴る音が聞えた。

一時間ほど経って、カロは前肢で口を拭いたりしながら、台所に戻ってきた。ケロリとした表情をしている。画伯が近づいて、がっしとその頸《くび》根っこを押えた。カロはじっとして、なすままにされている。気のせいか、何時もよりもボッタリと、腹がふくらんでいるように見えた。

私が猫叩きを持とうとすると、画伯がそれを制した。

「カロのことは、私に任せて下さい」

それから画伯は、頸をつまんでぶら下げて、茶の間に入った。すぐ出て来て、今度は、ゴム紐や、罐《かん》切りやビールの栓抜き、タワシ、胡椒に七味唐辛子、マッチやペンチ、そんな品々をあつめて、再び茶の間に入り、襖や障子を全部しめ切った。それから十五分ほどの間、この密室の中で、どんなことが行われたか、私は知る由もない。

「きっと秋野君は、『無防備都市』みたいなことをやったんだよ」

と、あとあとになって、私は家人と話し合ったのだが、十五分経って、画伯とカロは、茶の間から出て来た。カロはげっそりしたような顔で、後肢はかすかにビッコを引いている。毛もあちこち、引き抜けているのが認められた。画伯は、やっと恨みをはらした人のように、にこにこしていた。カロは私たちの足の間を、よろよろとすり抜けて、台所の方に歩いて行った。

カロの姿が見えなくなったのは、その夜からである。翌日も翌々日も、カロは私たちの面前に、姿を見せなかった。

六月二十六日の朝、隣りのH氏がカロがH家の天井裏で死んでいると、知らせに来て呉れた。

天井板から、片足をつき出して、死んでいたそうである。天井から足がぶら下っていては、H氏も仰天したに違いない。

遺骸は即座に引取った。

「あんたがあまりいじめるから、カロは自殺したのよ」

と家人は私を責めた。

「カロがいなくったって、平気なんでしょ」

「いや、とても気にかけてたんだ。日記にも書いている」

私は私の日記を、家人に示した。そこには、こう書いてある。

『六月二十五日。カロの姿、終日見えず。心配なり。

六月二十六日。カロ、H氏天井裏にて、死亡しありし由。哀悼に堪えず。涙数行下る』

家人はその日記の頁を、日に透かして見たり、こすって見たりして、なじるような調子で言った。

「これはインキの色が同じよ。二十五日のは、死んだと判って書いたんでしょ。カロがいなくて、心配する柄ですか」

私は黙して語らなかった。

カロの死骸は、秋野画伯に埋めさせようと思って待っていたが、その日もその翌日もやって来ない。

止むなく、私がシャベルをふるって、穴を掘り、カロを埋めた。場所は、先代カロの隣りである。

二三日して、画伯はやって来た。カロの死を告げると、画伯はすこしも騒がず、

「そうですか」

と言っただけである。そして、少し経って、

「じゃ今日は、カロ追悼の意味でコイコイをやりましょう」

そこで私たちは、花札を取出して、追悼コイコイをやった。画伯は下手くそだから、何時ものことながら、私が大勝したのは、言うまでもない。

カロの霊、安かれ。

（「小説新潮」一九五二年十月号）

猫のことなど

私の家にカロという名の猫がいて、どういうわけか我が家の愛猫はみんな短命で、死にかわり生きかわり、現在のところ四代目であるが、先年小説のタネに困ったわけではないけれども、この猫のことを小説に書いたことがある。

どういうことを書いたかと言うと、単に飼い猫の生態のみならず、飼い主たる私とのかかわり、猫の所業に対する私の反応、そういうものを虚実とりまぜて、デッチ上げというと言い過ぎになるが、とにかく一篇の小説に仕立てて某雑誌に寄稿した。この某雑誌というのは巷間言うところの中間雑誌なるものであって、それに寄稿したからには私のこの小説も中間小説ということになるだろう。それでまあめでたく原稿料も引替えに貰った。そこまではよかった。

それからいよいよその号が発行されて一箇月ばかりの間に、私はこの小説について、読者から数十通のハガキや手紙を貰った。こんなに手紙を貰うことは、私には未曽有のことである。編集部気付のもあるし、直接私宛てのもあるが、内容の趣旨はすべてほとんど同一で、私に対する非難、攻撃、訓戒、憎悪、罵倒というようなのばかりである。猫を飼うのはいいが、その猫をあんなにいじめるとは何事か。蝿叩きで猫を打擲《ちょうちゃく》するとは言語道断である。以後お前の小説は絶対に読んでやらないぞ首をくって死んでしまえ。大体そういう趣旨のものが多かった。遺憾なことには賞めて来たのは一通もない。

世上に猫好きが多いことは知っていたが、こんな具合のものであるとは初めて知った。その数十通の大部分は、読後直ちに怒りに燃え上り、ぶっつけに手紙に書いたもののようで、字も乱暴だし文体も乱れていて、それだけにかえって迫力があり、怒りのメラメラが直接感じられたようである。私の猫の飼い方を分析し批判し、そしてじゅんじゅんと訓戒を加えた静岡県の一主婦の手紙、冷静なのはこれ一通だけで、あとは多かれ少なかれ情念における乱れが充分に認められた。

宛名も私の名だけで様や殿をはぶく、亢奮のため書き落したのか、尊敬する価値なしとことさら省略したのか、そんなのが総通の四分の一をしめている。

　それから切手を貼ってないの、文章で精神的打撃を与えるだけにあき足らず、物質的打撃をも与えようとの魂胆なのであろう、そんなのがやはり手紙の四分の一ばかりもあった。

　以後お前の小説は読んでやらないぞ、というのはほとんどのキマリ文句で、これはもちろん私への個人的嫌悪の表白であろうが、これは読者というものは小説を読む時、その心底に『読んでやるぞ』という意識がどこかわだかまっていて、それがこんな場合には『読んでやらないぞ』という形で出て来るのだと解釈出来なくもない。しかし私たちが、たとえばドストエフスキィや魯迅や森鷗外を読む時、『読んでやるぞ』という意識があるかどうか、これはおそらくないであろう。するとこれはその作家の質によるということになる。この解釈はすこし私には面白くない。

　また『以後読んでやらない』ことによって、私に精神的打撃を与えようというのは、読者というものがなければ作家は成立しない、そういう暗黙の自覚が彼等にあるせいであろう。たとえばサカナ屋などでつっけんどんな応対をされて、もうあのサカナ屋でサカナなんか買ってやるものか、そう決心するのにも似ている。

それならばその雑誌を発行した雑誌社に文句をつけたらいいではないか。そう思って問い合わせて見ると、その編集長宛にも二通か三通かごく少数ではあるが、あんな小説をのせるのなら以後お前の雑誌は買ってやらないぞというのが来ていたそうだ。それの方が本筋だ。

しかし嫌悪と怒りに燃えてすぐ手紙を書いたのが数十人、不快を感じたが手紙は書かず以後読んでやらないぞと心だけで決めたのが、その潜在人数を仮に十倍だとして見ると、つまり私はこの小説のために数百人の読者を失ったということになる。ただでさえ少ない私の読者の中から、数百人にゴソリと脱けられてはたまったものでない。私はすくなからずガッカリ、怏々《おうおう》としてたのしまず、思いあまって編集者に相談して見ると、

「大丈夫ですよ。こわいもの見たさで、読まないと言ったって、次の作品が出たら飛びついて読みますよ」

と言ってくれた。

しかしそう言って呉れただけで、読んでいるという確かな証拠はない。

以後読まないと宣告したからには、やはり彼等はこの文章をも読まないであろう。

とすれば呼びかけようにも呼びかけようがない。

　大体猫を溺愛するような人間には、偏狭でエゴイストが多い。私が知っている限りはそうであるし、ある程度の理由づけも私には出来る。しかしその理由づけをここで書いても、猫びいきから直ちに反証をあげられそうな気がするから、やめとこう。

　しかし猫がいじめられる小説を読み、憤然と抗議の手紙を書くなんて、少々常軌を逸しているとは思わないか。でも、そういうところが猫マニヤの変質性と言えるのかも知れないが。

　彼等にとっては、猫が全世界なのである。全世界とまでは行かずとも、半世界ぐらいは猫にしめられているらしい。

　世上の小説を見渡すと、大体が人事のあつれきを主題としていて、つまり人間がいろんな苦難にあう、すなわち人間が環境其の他にいじめられる話が多いのだが、それに対して人間好きがヒュウマニズムの立場から抗議したという話はあまり聞いたことがない。だのに猫を書けばネコマニズムは直ちに抗議をする。変な愛情もあればあったものだ。

　そんな奇妙な愛情を私はわが愛猫には持たないが、しかし私は猫を好きは好きだ。

好きだからこそ飼い、かまい、そしていじめる。関心を持つということは愛情の第一歩であり、居直って言えば、かまったりいじめたりするのが私の猫への愛情である。

世にサカナ好きというのがあって、これは魚類を愛撫したり溺愛するのではなく、鋼鉄のハリを魚のアゴにひっかけて釣り上げたり、切りきざんで刺身にしたり、火あぶりにして焼魚にしたり、そしてそれらを食べることを大好きな人種のことを言うのであって、これが正常のサカナ好きなのである。

しかしここで私は私の同業者に警告しておくけれども、猫や犬を小説に書く場合は、ことにそれを中間雑誌や大衆雑誌に発表する場合は、あまりいじめるような筋にしない方がいいと思う。読者がてきめんに減るからだ。どうしてもいじめねばならない場合には、そのいじめた人間は最後に崖から落ちて大けがをするとか、首をくって死ぬとか、キチガイになるとか、そんな具合に因果応報のつじつまを合わせて置くべきである。その手続きを怠ったばかりに、私は数百の愛読者をうしなった。

その後その同じ雑誌から注文を受けて、今度はセミの話を書いた。

ネコだのセミだの何時も鳥獣魚介の類ばかり書いているようであるが、別段人間を書くのに飽きたわけではない。まったくの偶然であるし、時には私も動物のことを書いて見たいのである。動物だからまだいいだろう。これがも少し枯淡の域に入れば今度は植物を書くことになるだろう。そこを突き抜けるとあとは鉱物だけということになる。小説も鉱物となればもうドンヅマリで、全然動きがとれない。動物あたりを書いている分には、一朝ことあれば何時でも人間に引返せる。そういう自信と計算は私にチャンとある。

で、セミの話は前のにこりて、いじめの要素は極度に排除した。一箇所いじめが出て来るけれども、そのいじめの当人は私ではなく、ある老婆という仕組みにしてある。私という人物はセミは楽しみにとらえることはとらえるが、直ぐににがしてやるという、私小説の形式をかりたフィクションなのである。

　さすがにこれには抗議の手紙は一通も来なかった。もちろん賞賛の手紙も全然来なかったけれども。

　私小説形式のフィクションと言えば、前述のネコ小説もそうなのであるが、読者は全然それを実生活とイクォールとして受取っているらしいことは、抗議の手紙の殺到でもわかる。これは大変重要なことである。

すなわち私小説という形式だけで、私はほとんど努力せずして読者に多大のリアリティを確保していることになる。これを三人称で書けば、リアリティだの効果だのに大苦労をするところだ。

これは勿論明治以来、我等の先輩がルイルイと私小説をつみかさね、そして読者にそういう訓練をして来たためである。私にとってはこれは言わば貴重なる天然のボウ大なる埋蔵資源みたいなものだ。これを利用せずして他に何を利用することがあるだろう。

そこで私小説の形式、一人称、主人公は自由業という設定さえつくれば、あとはどういうウソッパチの荒唐無稽を書いても、読者の方は実生活とイクォールととって呉れるから、リアリティの確保に苦労することはない。ひとつこれから以後それでやって見よう。

もっとも今の私小説作家も、全然イクォールではなく、ちょっとずつはウソを入れたり歪めたりしているのだが、形だけは私小説で内容はオールフィクションというのはあまり無いようである。

しかし私にならって皆がこれを始め出すと、読者もバカではないから段々にからくりを見破って、信用しなくなるかも知れない。そうするとリアリティは全然うしなわれる。それでは困るから、このやり方は当分私の専売特許として置きたいと思うが、まさか特許局に願いを出すわけにも行かないので、とりあえずこの一文をもってその特許の確認にかえることにする。

（一九五四年二月）

猫と蟻と犬

どうも近頃身体がだるい。なんとなくだるい。身体の節々が痛んだりする。身体だけでなく、気分もうっとうしい。季節のせいかも知れないとも思う。仕事のために机の前に坐ろうとすると、膝や尾底骨あたりの神経が突然チクチクと痛み出してくる。だから余儀なく机を離れると、痛みは去る。そんなふしぎな神経障害がある。仕事をするなというのだろう。

ジェローム・K・ジェロームの『ボートの中の三人』という小説がある。その中で主人公がある日、医書か何かを読んでいると、あらゆる病気が自分にとりついているのを発見する件《くだ》りがある。私の場合も、新聞雑誌などで売薬の広告を見るたびに、その大半が私の症状にぴったり適していることを発見してギョッとするのである。あまたの売薬が私から買われるのを待ちこがれている如きだ。

と言って、あらゆる売薬を買い込む資力は私にはないし、そこで一切の広告には眼をつぶることにして、胃が痛ければセンブリ、腸が悪ければゲンノショーコ、そんな具合にもっぱら漢方薬にたよっているが、漢方薬は効能が緩慢なせいか、まだはっきりした効果はあらわれないようだ。しかしこれらの漢方薬のにおいを私は近頃好きになってきた。あのにおいは私をしっとりと落着かせ、かつ心情を古風にさせる。私小説でも書きたいな、という気分を起させる。今書きつつあるこの文章も、漢方薬のにおいの影響が充分にあるようだ。

そんなある日、年少の友人の秋山画伯が訪ねて来た。そして私の顔を見ていきなり言った。

「顔色があまり良くないじゃありませんか」

「うん。どうも身体がだるいんだ」

そこで私は私の症状をくわしく説明した。その間秋山君は黙ってじろじろと私の顔を観察していた。

「漢方薬なんかじゃ全然ダメです！」私が説明し終ると、秋山君は断乎として宣言した。「あんた近頃雨に濡れたことがあるでしょう」

「うん。そう言えば一箇月ばかり前、新宿で俄《にわ》か雨にあって、濡れ鼠になったことがあるよ」

「そうでしょう。きっとそうだと思った」秋山君は腹立たしげに指をパチリと鳴らした。「新宿なんかで濡れ鼠になるなんて、そんなバカな話がありますか。そんな時にはパチンコ屋に入るんですよ。そうすれば雨に濡れずにすむし、暇はつぶせるし、それに煙草が沢山稼げるし――」

「うん。でも僕はパチンコにあまり趣味を持たないもんだから」

秋山君は大へんなパチンコ好きで、そしてこの私をもパチンコ党に引き込もうとの魂胆で、ある日一台の古パチンコ台を私の家にえっさえっさとかつぎ込んできた。店仕舞のパチンコ屋から三百八十円で買って来たものだと言う。同好者を殖やそうというところは、パチンコもヒロポンに似ているようだ。私はそのパチンコ台を縁側に置き、一週間ばかり毎日ガチャンコガチャンコとやってみたが、一向に面白くない。秋山君の期待に反して、むしろパチンコに嫌悪を感じるようになったほどである。パチンコ屋に入るくらいなら、まだしも雨に濡れて歩く方がいい。第一あのパチンコ屋の地獄のような騒がしさは、頭が痛くなる。私はおそるおそる言った。

「やっぱりあの時の雨に濡れて、潜在性の風邪でもひいたのかな」

「そうじゃありませんよ。そんな暢気《のんき》なことを言ってる」秋山君はあわれみの表情で私を見た。「放射能ですよ」

「放射能？」

「ええ、そうですよ。ビキニの灰ですよ。ビキニの灰が雨に含まれて、それがあんたの身体にしみこんだんですよ」

「本当かい、それは」

私は少々狼狽を感じてそう言った。

「本当ですとも。近頃の病院に行ってごらんなさい。白血球減少の患者がぞろぞろやって来ますから。今どきの雨に平然と濡れて歩くなんて、よっぽど世間知らずだなあ。僕の家でも放射能雨が漏ってくると大変だから、屋根をすっかり修繕したくらいですよ」

秋山君の家というのは、彼が三年ほど前買い込んだ古家で、見るからに雨が漏りそうな家だ。この家はまことに変った家で、金を出して買い取ったとは言うものの、まだ所有者は秋山君の名義になっていない。杉本という人の名義になっている。その杉本某はどうしているか。数年前に詐欺か何かをはたらき、そのまま逃走、目下どこにいるかさっぱり判らない。その間に第三国人が介入していたりして、金を出したのは秋山君だが、その家は秋山君の所有とはきっぱり断じ切れないという大変入りくんだ関係になっている。このことは別に小説に書いたから、ここでは省略するけれど、要するにこうなったのも秋山君が世間知らずであったからだ。その世間知らずの秋山君から、世間知らずだなあ、と嘆息されて、私は心中ますます狼狽を感じた。しかし表面だけはさり気なく、

「でも、僕が雨に濡れたのは、その日だけだよ。それで僕が放射能にあてられたとすれば、毎日のように濡れている人、たとえば郵便配達人やソバ屋の出前持ちなんか、もっとひどくやられそうなもんじゃないかね」

「そう思うのが素人のあさましさです」と秋山君は自信ありげに断定した。「あんたは放射能と白血球の関係について、何も知らんようですな。白血球というやつはどこで製造されるか。これは肝臓で製造される。いいですか」

したがって肝臓の弱い者は、ちょっとした放射能にもすぐに影響されて、その機能

を弱められ、白血球の生産高ががた落ちとなる。というのが秋山君の論理であって、どうもいささかあやふやだと思ったが、念の為にも一度訊ねてみた。

「しかし君は、僕の肝臓は弱っているという仮定の上に立って、論議をすすめているようだが――」

「仮定じゃありませんよ。事実ですよ」と秋山君は私をにらみつけるようにした。

「あんなに毎晩酒を飲んで、肝臓が正常であるわけがないじゃありませんか。そういうのを心臓が強いというのです」

肝臓が弱くて心臓が強けりゃ世話はない。

「それじゃあ訊ねるけれども、肝臓というのはどこにあるんだね？」

すると今度は秋山君がやや狼狽の色を見せて、両掌で自分の身体をぐるぐると撫で回すような仕草をした。まるで肝臓のありかを探し求めるような具合にだ。きっと肝臓の正確な位置を知らなかったに違いない。だから私は追い打ちをかけるように言葉をついだ。

「それに雨に濡れるのは人間だけじゃない。牛馬は言うに及ばず、鳥や虫なども濡れっぱなしだろう。それなのにピンピン生きてるのは変な話じゃないか」

「動物だって弱ったり死んだりしてますよ」秋山君は元気をとり戻した。「あんたもちゃんと調べたわけじゃないでしょう。大弱りしていますよ。現にカロだって、近頃めっきり元気がなくなったです」
「え。カロが？」

カロというのは私の家の歴代の猫の名で、三代目までつづいて若死にしたものだから、もう飼うのはよそうと思っていたところ、秋山君がその系譜の断絶を惜しみ、わざわざ自分の家の仔猫をバスケットに入れ、私の家にかつぎ込んできた。すなわち四代目カロというわけである。パチンコ台だの仔猫だの、よく色んなものをかつぎ込みたがる男だ。

私の家に来て以来、カロはめきめきと大きくなった。憎たらしいほど肥ってきた。秋山君の話では、このカロの母親は素姓正しい猫で、それ故カロにも充分にシツケがほどこしてあるとのことだったが、どうもそうとは思えない。毛並みは黒ブチで、器量もそれほど優秀ではなかった。性格は歴代のカロのうちで一番ひねくれていて、子供の手をひっかいたり噛みついたりする。子供の方では遊ぶつもりで抱いたりかかえたりするのだが、その手をカロがひっかき噛みつく。協調の精神というものが全然無いのだ。そしてひっかきの効果を絶大ならしめるためか、毎日縁側や戸袋に爪を立てて磨いている。だからうちの子供の顔や手足には爪あとの絶えたためしがなかった。

そんなに爪を磨いて、それなら鼠をとるかと言うと、これは全然とらない。鼠がそこらでごとごと音を立てても、聞き耳を立てることすらしない、どうも鼠をとることが我が家に利益をあたえる、そのことを知っていて、わざと鼠をとらないのではないかと思われる節がある。ではどういうものをとるかと言うと、トカゲ、蛾、モグラなど。そんなものをとったって、うちでは一向に有難くない。迷惑するばかりである。モグラなんか地中にもぐっているからこそモグラと言うのだろうが、それをどういう方法でつかまえるのか、ちゃんとくわえてのそのそと縁側に上ってくる。モグラの死骸は実に醜怪な感じがするものであるから、私を始め家人一同悲鳴を上げて逃げ回る。逃げ回る私たちをカロは快心の微笑をうかべながら追っかけるのだ。こうなるともうどちらが主人か判らない。我が家に在任中にカロはモグラを五匹ほどとった。

そしてカロは、良く言えば野心的、悪く言えばバカなうぬぼれ猫で、庭に降り立つ雀をねらうのだ。植込みのかげにかくれていて、雀がやって来るとパッと飛びつくのだが、さすがに雀の飛び立つ方が早くて、一度もつかまえたためしがない。雀には羽根があるが、カロには羽根がない。飛び立った雀を追って、カロは手あたり次第の庭樹のてっぺんまでガリガリとかけのぼる。これでカロは雀を空中まで追っかけたつもりなのである。たいていの猫なら、四五度そんなことをやったら諦めるものだが、カロは諦めない。性こりもなく雀をねらって植込みのかげにひそんでいる。なんという愚か猫であろうと思うのだが、この私にしても宝くじが発売されるたびに、今度こそは二百万円ぐらい当ててやろうとセッセと買い込んでいるから、あまりカロを笑えた義理でもない。万一雀をつかまえたら、私はそれを取り上げて焼鳥にしてやろうと空想していたが、とうとうカロは一羽もとらず仕舞いであった。

　カロの罪状のうちで最大のものは、火鉢の中に大便を排泄することであった。これには家中が大迷惑した。砂を入れた木箱が台所の土間においてあるにもかかわらず、カロは火鉢に排泄する。もちろん火鉢に炭火が入っている時は、排泄しない。排泄しようとすれば火傷するからである。空火鉢の中の排泄物は灰にくるまっているから、うっかりするとわからない。そこでそのまま炭火を入れたりするとたいへんだ。炭火で熱せられた猫の糞がどんなにおいを発するか、これは経験者でないと判らないだろう。あのにおいは確かに人間に極端な厭世観をうえつけるようだ。まさしく絶望的なにおいである。それが家の中だけでなく、戸外にまでただよう。ある時このにおいをかいで、我が家の庭で仕事していた植木屋さんが、脚立からすってんころりんと落っこちて足首をネンザした。

だから火鉢に火がない時は、折畳み式の碁盤をひろげて蓋をするようにしたが、時にはそれを忘れることもある。忘れたらもう最後で、その忘れの瞬間をカロは眈々《たんたん》とねらっている。よほどカロの尻は灰に執着しているらしい。さらに悪いことには、やがてカロは火鉢から折畳み碁盤を引きずり落す方法を習得してしまったのだ。引き落されないためにオモシが必要となってきたわけだ。カロは肥っていて力もあるから、『小説新潮』を五冊や六冊乗っけても、もろともに引きずり落してしまう。ついに思い余って家族会議を開き、カロを捨てることに衆議一決した。

そしてある夜、私はカロを風呂敷につつんで、うちから一町ほど離れた神社の境内に捨てに行った。もちろんカロは相当の抵抗をこころみ、風呂敷のすきまから前脚を出して、私の手の甲をひっかき出血せしめたが、私はそれに屈せず境内にたどりつき、カロを遺棄して一目散に走って帰ってきた。早速手の傷を手当して、ささやかな祝杯を上げた。そこまではよかったけれども、翌朝起きて見ると、縁側の一隅にカロが平然とうずくまり、しきりに爪をといでいたのである。私は半分がっかり、半分怒りがめらめらと燃え上った。

「おい、カロが戻っているよ」と私はどなった。「よし。今晩は絶対に戻って来れないところに捨ててきてやる」

その夜の私のいきごみは大へんなものであった。先ず荒れ狂うカロを風呂敷に包みこみ、さらにそれを買物籠の中に入れ、夜の八時頃我が家を出発、約一時間近くぶら下げて歩いた。カロの帰巣感覚を狂わせるためにあっちへ曲ったりこちらに折れたりしたので、直線距離にすればそれほどのことはなかったかも知れない。とにかく静かな住宅地帯に来たから、私はとある一軒の住宅の塀ごしに、買物籠もろともエイヤッと投げ、また一目散に走ったまではよかったが、あんまり紆余曲折したために私の帰巣感覚まで狂ってしまって、とうとう私自身が道に迷ってしまった。行人や交番に道を聞き聞き、やっと家にたどりついたのは、もう十一時過ぎである。家中のものが心配して、起きて私を待っていた。

「もう大丈夫だ」と私は皆に説明した。「途方もなく遠いところの人の家の庭にほうりこんで来たから、もう戻ってくる気遣いはない」

「買物籠と風呂敷は？」

「そんなの一緒くたにほうり込んでやったよ」

「そりゃ困る。あの風呂敷にはうちの名が入ってるのよ」

「あ、そうか」

と私は自分の手違いに気がついたが、もうやってしまった以上は仕方がない。そこでそれはそれとして、またその夜も祝杯をあげた。どうも嬉しいにつけ悲しいにつけ酒ということになる傾きがある。

ところがこの度も、翌々日の昼頃カロは舞い戻ってきた。庭の生垣をくぐって、矢のように縁側に飛び上ってきた。見ると尻尾をいつもの三倍ぐらいにふくらませている。猫という動物は恐怖におそわれると、尻尾をふくらませる習性があるのだ。帰り着くまでにさまざまの恐怖や苦難に遭遇したにちがいない。

「また戻ってきやがったよ」と私は嘆息した。「もうこうなったら仕方がない。カロを捨てるより、火鉢を片づけることにしましょう。その方がかんたんだ」

そろそろ火鉢も不要な季節になっていたから、押入れの中に奥深くしまいこんだ。

カロは二三日火鉢を求めてあちこち探し歩いているようだったが、たかがネコ智慧だから押入れの奥とは気がつかなかったらしい。まもなく諦めたようである。

しかしカロを継続して飼おうと翻意したのも束の間で、それから一週間ほど経ったある日、カロがまた事件をひきおこした。よその鶏におそいかかって、これを負傷せしめたのである。

その鶏は近所のどこで飼っているのかつまびらかにしないが、雄大な雄鶏であって、身の丈も二尺はゆうにある。散歩を趣味とするらしく、私の庭にも時々やってくる。私の庭をあちこち傲然《ごうぜん》と歩き回って、しきりに何かを食べているから、一体何を食っているのだろうと眺めてみると、蟻を食っている。蟻を食う鶏なんか始めて見た。蟻は蟻酸と言って酸性であるらしいから、それを食べるところを見ると、きっと胃酸欠乏症か何かにかかっているのだろう。

しかし無闇に蟻を食われては私もすこし困るのだ。

私の庭には蟻が沢山いて、種類も四種類、それぞれの場所に巣をつくっている。花壇をかこむ石の下に住んでいるのが大型の蟻、ボタンの木の下に中型の蟻、門柱のところに小型の蟻、それから肉眼で見えないような超小型の赤蟻が縁の下あたりに住んでいる。この超小型には私は興味がない。あまり小さ過ぎるから、興味を持ちようがないのだ。あとの三種類の生態にはそれぞれ興味がある。生態そのものより、それをかまうことに興味がある。

蟻の巣というものは複雑な構造を持っているようで、大中小そのどれでもいいが、穴のひとつにストローをさしこみ、煙草の煙をふうっと吹き入れると、他の穴のすべて、飛んでもない遠くの小さな横穴からも、モヤモヤと煙が立ちのぼる。上野駅の地下道よりも複雑な構造を持っているらしいのだ。蟻というやつは水は嫌うようだが、煙草の煙には割に平気である。

しかし蟻の穴にジョウゴを立てて水を流し入れる遊び、これは全然面白くない。バケツ一杯の水を使ってもあふれることはなく、平然と吸い込むだけだからだ。内部では蟻や卵や食物が水びたしとなり、大あわてしているだろうが、それが目で見えないから面白くない。

砂場の砂をフルイでこして、細かい砂だけをえらび、それを穴に流し入れるのは、これは面白い。穴が大きくてもすぐにいっぱいになるのもあるし、小さくてもいくらでも砂が入るのがある。これをやると蟻たちは大あわてして、表に出ているやつは右往左往して復旧工事にとりかかる。内部のもそうだろう。そしてものの二時間も経たぬ間に、砂はすっかり処分されて、元の穴の形になっている。実際蟻の勤勉ぶりには驚く。中にはあまり勤勉でないやつもいるけれども。

　ボタンの下の中型の蟻の巣にむかって、私は砂を詰め、復旧されると見るや直ちに砂を詰め、二日にわたって十数回砂攻撃を試みたことがある。するとさすがに蟻たちもつくづく考えたと見え、縦穴式のやつを全部横穴式に変えてしまった。横穴式のやつは砂を入れても入口にたまるだけで、奥には入って行かないのだ。

とにかく蟻というやつは、退屈してるのか必要に迫られているのか、しょっちゅう巣の整備をやっている。新規に穴をあけたり、またつぶしてみたり、営々と働いている。こういう労働の現場、すなわち穴の近くに、砂糖をひとつまみ置いてやる。そうするとたちまち蟻の個々の性格があらわれてくる。

　第一の型は砂糖があると知っていながら、全然見向きもせずせっせと働くやつ。

　第二は労働を全然放棄して砂糖に頭をつっこんでなめるやつ。

　第三はその中間のやつで、ちょっと砂糖をなめては働くやつ。

以上の三つの型がある。この間も砂糖をやって眺めていたら、穴の中からひときわ頭の大きい蟻が一匹這い出して来て、おどろいたことには、砂糖に頭をつっこんでいる連中に飛びかかり、ひとつひとつ嚙み殺してしまった。私は蟻の生態について学問的には何も知らないけれども、見た限りでは、この蟻は憲兵的役割を持っているらしかった。こんなのがいては蟻の世界もあまり住みよくなさそうである。

大、中、小の蟻たちは我が庭において、大体縄張りをさだめて闘争はしないようであるが、これを人工的に喧嘩させることは出来る。たとえば花壇の石をめくり、その下にたむろしている大蟻たち（羽根をもったやつもいる）をすばやくシャベルですくい上げ、大急ぎでボタンの木の下に運ぶ。中型蟻の穴の近くにおくと、大蟻たちは突然の環境の変化に大狼狽、右往左往して中蟻の穴の中に這い込むやつもいる。すると中蟻たちは敵が来襲してきたとかん違いして、そこで猛烈なとっくみ合いや嚙み合いが始まるのだ。ふつうの考えからすると、大型のが強そうだが、なにしろ大蟻は狼狽しているし、ホームグラウンドではないし、それに中蟻の方は無数に穴からくり出して来る。大蟻一匹に対して中蟻は三匹も四匹もかかるから大へんである。またたく間に敵味方の死屍ルイルイということになり、逃げる奴は逃げ、そして事は落着する。

羽根をもったやつは戦闘力は全然持たない。そこらをウロチョロした揚句に嚙み殺されるか、あるいはブーンと飛び立ってどこかに逃げてしまう。私は蟻の羽根はあれは飾りだとばかり思っていたが、実際に飛ぶ。かなりの飛翔力を持っているようだ。

この人工的喧嘩は、大を中に、中蟻を門前の小蟻にはこんだ場合には成立するが、逆の場合はあまり成立しにくいのだ。たとえば中蟻を大蟻の穴にはこぶと、中蟻はもう動顛《どうてん》して、戦わずして四散して逃げてしまう。万一大蟻の穴に這い込もうとしても、番兵蟻に一コロで殺されてしまう。とても喧嘩にはならない。

私の見た限りでは、我が家の蟻で一番封建的なのは大型蟻である。封建的と言っても見た感じだけなのだが、一例をあげると大型蟻は必ず穴の入口に番兵を置いている。巣の表玄関とでも言うべき大きな穴には常時五匹ぐらい、あとは穴の大きさに応じて三匹とか一匹とか、それぞれの員数を配置している。中型蟻と小型蟻は、時々番兵らしきものを見かけるが、常任番兵はいないようだ。大型にくらべて若干民主的な感じがする。民主的と言っても憲兵みたいなのがいるわけだから、比較しての話だ。

蟻についてはまだまだ書くことがあるけれども、はてしがないから止めにする。とにかくこの愛すべき蟻たちを、近所の雄鶏がつつきに来る。うちの子供たちはこの雄鶏にオートバイというあだ名をつけた。ふつうの鶏を自転車だとすると、これはオートバイぐらいに堂々としているからである。このオートバイにむかって、ある日カロが飛びかかった。

オートバイはよそもののくせに、我が家の庭を横柄に我がもの顔で闊歩する、そのことをカロはかねてから面白く思っていなかったらしい。それを今まで放っておいたのは、オートバイがあまりにも堂々としているし、また油断やすきが見出せなかったのだろう。その日はオートバイはすこし油断をしていた。あたりを見回してもカロの姿は見えなかったからである。見えぬも道理、カロは柿の木の上にのぼっていた。だからオートバイは安心して蟻をつつき散らしていた。

そのオートバイめがけて、カロは柿の木を逆落しにかけ降りて、背後から飛びかかったのだ。けたたましい鳴声やうなり声が交錯して、羽毛が飛び散り、脚がすばやく動き、そしてオートバイが戦闘体制をとり戻した時は、もうカロは縁の上にサッとかけのぼっていた。すばやく一撃をあたえて、サッと反転したわけである。オートバイはあちこち爪を立てられ、脚も負傷したらしく、びっこを引きながら生垣をくぐって退却して行った。

庭に散らばった羽毛は、子供たちがよろこんで拾い集め、帽子のかざりにした。

私は秋山君に手紙を書いた。カロの今までの罪状と、ついにその被害は家の中だけでなく、近所の鶏にも及んだこと。この度は鶏の負傷だけですんだが、もし将来噛み殺すような事態が起きれば損害賠償ということにもなりかねない。そうすれば困るのは私である。そこで申し憎いことだがカロをお返ししたいと思うが、都合は如何、ということを問い合わせてやった。前に二度捨てに行ったことは、秋山君に悪いから伏せて置いた。

秋山君はそれから三日目に訪ねて来て呉れた。もう即座に引取る気で、古バスケットをぶら下げている。私を見てすぐに言った。

「カロがそんな悪事を仕出かしましたか」

「そうなんだよ。これもひとえに僕の不徳のいたすところかも知れないが」

「そうでしょうな。もともと素姓の正しい猫なんだから」秋山君は憮然たる表情をした。「じゃ、とにかく引取りましょう」

そこで私は秋山君を招じ上げ、そえもののカツオブシがわりと言うわけではないが、一席の宴を張って秋山君を歓待した。宴果てて秋山君はカロをバスケットに押し込み、タクシーに乗って帰って行った。儀礼上タクシー代は私が受持った。秋山君の家は私の家と十キロ以上離れているし、しかも夜のタクシーだから、カロの帰巣感覚も相当に狂ったらしい。作戦が図に当ったわけだ。

以下は秋山君が話して呉れたのだが、その夜タクシーを降りて家につき、バスケットを開いたところ、カロは矢庭に外に飛び出して、秋山君の家の周囲をぐるぐると七八回回ったという。この新しい家の形や大きさ、そんなものをはかると同時に、方向感覚を調整するためだったらしい。秋山夫妻が黙ってそれを見ていると、カロは闇をにらんでしきりに小首をかたむけていたが、やがて思い決したように西南の方角めがけて走り出し、またたく間にその姿は闇に没してしまった。私の家は秋山家から大体西南方に当るのである。

しかしカロはついに私の家には姿をあらわさなかった。一週間目に再び秋山家に戻って来た。行けども行けども私の家が見当らないものだから、諦めて秋山家に戻ることにしたらしい。げっそりと痩せて、折からの雨に濡れ鼠になっていたそうである。秋山君は早速縁側に上げて、タオルで全身をふいてやり、ミルクを飲ませてやると、やっと人心地（？）がついてニャアと啼《な》いた。すなわちこれで秋山家に飼われたいと意志表示をしたのである。

　ところが秋山家にはもう一匹猫がいる。マリと言って雌猫で、カロの母親にあたるのだ。カロとちがって大へん小柄で、こんな小柄な猫からカロみたいな大猫がよく生れたと思われるほどだ。カロは生後直ぐ我が家に来たのだから、マリを自分の母親とは知らないらしい。またマリの方も、カロを伜とは思っていないようだ。猫なんてまことに薄情な動物だから、そんなものだろう。

　で、秋山家は猫が二匹になった。二匹になったからには、食事も二倍要る。それをどういう具合にして与えるかというと、大きな皿に二匹分一緒に盛って台所に置いてやると、先にマリの方が食べ始める。カロはすこし離れたところに坐って、マリが食べ終るのをじっと待っている。マリが食べたいだけ食べて皿を離れると、その残りをカロがいただくということになる。カロが先に食べるということは絶対にない。体力はカロの方が強そうだが、マリにひたすら遠慮しているのだ。食う量もマリが皿の三分の二ほども食べてしまうから、カロは残る三分の一、すなわちマリの半量というわけだ。

「やはり放射能のせいですな」秋山君は確信あり気に言った。「あんたの家に戻ろうと、一週間も街をさまよったでしょう。あの一週間は相当に雨が降った。それで濡れ鼠になり、すっかり放射能にしみこまれたんですな。だから食量も少く、すっかり元気がなくなったです」

「その逆で食量が少いから、元気が出ないんじゃないかね」と僕は反問した。

「そうじゃありませんよ。そんなに空腹なら、マリを押しのけても食べる筈です」

「やはりマリに遠慮してるんだよ。猫というものは人につくものでなく、家につくものらしいからね。家につくからには、どうしてもその家の先任猫に勢力があるんじゃないかな」

「そんなことはありません」秋山君は頑強に言い張った。

「どうしたって放射能ですよ。あんたも気をつけたがいい。世田谷区産の野菜は特に放射能が強いという話ですからね」

「そんなものかな」私は半信半疑でうなずいた。秋山君の意気ごみに圧倒されたような形である。

そう言えば他にもやや不思議なことがある。うちにエスという飼犬がいて、どこからか迷い込んできたのをそのまま飼っているのだが、これが近頃元気がない。エスの住居は私の家の玄関脇で、その犬小屋も秋山君がつくって呉れた。なかなか堂々たる板小屋で、入口に『梅崎エス』という表札までかかっている。堂々たると言っても、犬小屋のことだから、中は一部屋である。次の間つきというわけには行かない。

このエスが二箇月ほど前から、妙に神経質となり、とくに花火の音を怖がるようになった。近くの商店街などで景気づけに花火を上げる。するとエスはあわてふためいて泥足のまま家の中に上ってくる。一部屋だけの犬小屋の中でじっとしているのが怖いらしいのだ。この犬も割に大柄で、それに恐怖にかられているから、家から外に押し出すのには一苦労する。足をつっぱって出まいとするのを、首輪を持って引きずり出さねばならない。とても女子供には出来ない仕事で、もっぱら私の役目になっている。

この間私が不在の時に花火が上って、エスはのこのこと縁に上ってきた。それから泥足のまま座敷に入り、床の間にでんと坐り込んで、押せども引けども動かない。蠅叩きでピシピシ叩いても頑として動かず、二時間も坐り込んでいたそうだ。間もなく私が帰って来て、力まかせに外に放り出してしまったが、何故そんなに花火の音を怖がるのか判らない。放り出すと哀しそうな目付きで私を見て、こそこそと犬小屋の中に入って行った。「どうも犬の癖に花火を怖がるなんてダラシがなさすぎる」と私は半分怒って言った。「花火が怖いようじゃ、とても泥棒や押売りよけにならないぞ。抵抗療法でその臆病癖を矯正してやる」

私はそこで街に行って、鼠花火を二十個ばかり買って来た。一個五円である。それからエスの首輪をクサリでつなぎ、クサリの別の端を竹の垣根に結びつけた。エスは不安そうに私の動作を上目使いでうかがっている。お前の臆病癖を治すためにこんなことをやるのだ、と私はエスに言い聞かせて、おもむろに鼠花火を三個地面に置いた。エスは判っているのか判っていないのか、おどおどした眼でそれを見ている。家中の者は縁側に立って眺めていた。人間だって気が狂えば、電気ショックというべらぼうな療法をほどこされるのだ。鼠花火如きは荒療治の中に入らない。二十個ぐらいも鳴らしたら、エスもその音に慣れてしまうだろう。そういう算段であった。

私はマッチをすり、三個いっぺんに火をつけた。すると三個は三方に飛び散り、シュシュシュシュと火をふきながら、コマ鼠のようにキリキリ舞いを始めた。エスはそれを見て愕然としたように一声ほえ、懸命に走り出そうとしたが、クサリで垣根につながれている。その垣根の竹がポキッと折れる音がした。そのとたんにキリキリ舞いしていた鼠花火の一つが、ちょっと宙に浮き上ったと思うと、おそろしい勢いで私のズボンの裾に飛び込み、私の脛《すね》毛《げ》を焼いてパパンと破裂した。縁側から見物していた家人たちの言によると、その瞬間私は大声を立てて三尺ばかり飛び上ったそうである。

エスは折り取った垣根の一部もろとも、一目散に表の方に逃げて行った。

私はよろめきながら縁側に腰かけ、ズボンをまくり上げた。鼠花火は脛にはいのぼり、それからふくら脛《はぎ》に回って破裂したらしいのだ。見る見るそこらの皮膚が赤く腫れ上ってくる。皆がしんけんな表情でそこをのぞきこんだ。

「は、はやく油薬を持ってこい」と私は呶《ど》鳴《な》った。「早くしないと俺は死んでしまう」

急いで持って来た油薬を塗りながら、家人が言った。

「まあ、まあ、こんなに火ぶくれになって、さぞかし熱かったでしょう」

「熱いのなんのって、世界の終りが来たかと思ったぐらいだ」と私は言った。「そ、そんな乱暴に塗るんじゃない。皮がやぶれてしまうじゃないか」

結局この火傷が治るのには二週間という日時が要った。全治二週間の火傷というわけだ。

残りの十七個の鼠花火は、腹が立って仕様がないから、近所のドブ川の中にたたきつけてやった。エスに対する抵抗療法もそれっきりだ。結局こんな療法を思いついたばかりに、私はひどい火傷を負い、垣根はこわされたという勘定になる。引きあった話ではない。

だからエスは今でも花火が上ると、依然として家宅侵入してくる。そこで近頃では犬小屋にクサリでつなぎ、家に侵入出来ないようにしているが、それでも花火がつづけざまにポンポン上ると、エスはもう身も世もなくなるらしく、あの重い犬小屋を引きずって右往左往する。

秋山君に聞けば、これも放射能のせいだと言うに違いない。

オートバイはカロから襲撃されて以来、我が家の庭に姿をあらわさないようである。では、蟻たちは幸福であるかと言うと、このところ長雨がつづいたせいか、晴間にも表にあまり出て来ない。数も少しは減少したのではないかと思う。蟻なんていうものは、地面の下に巣をつくる関係上、雨が降れば雨はその巣にしみこむだろう。すると蟻の数が減ったのは放射能のせいでないとは、私も断言出来ないのである。もっとも蟻に肝臓があるかどうかは、寡聞にして私も知らない。

（「小説新潮」一九五四年九月号）

落ちる

初めからきたない話で恐縮だけれども、この間うちの子供が便所の中に、セルロイド製の定期入れをおっことした。外で野球かなにかやっていて、ふと気がついてあわててかけ込んで、そういうことになったらしい。子供というやつは、私も経験があるけれども、遊びに熱中すると、それにかかり切りになって、他のことはすっかり忘れてしまうものだ。うちの子供もその例にもれず、外にいたかと思うと、たちまち遊び道具を放り出してうちへかけ込み、

「オシッコッコ、オシッコッコッコ！」

初めて卵を産んだ鶏みたいに大騒ぎをしながら、じだんだを踏むような恰好で、便所にすっ飛んで行く。黙っていると本当に出そうなもんだから、口走ることで自分の

生理をごまかし、なだめているのである。これも少年の時に経験があるから、私にはよく判る。気持は判るけれども、定期を落したということは、放って置けない。定期がなければ、翌日からの通学に差支える。さすがに子供はしょんぼりした顔つきになって、便所から出て来た。

「……おっことしてしまったよ」

「ダメじゃないか。何をぼやぼやしているんだ。そういうことじゃ、とても大人物になれないぞ！」

私は叱りつけた。大人物なんて言葉は、今時の子供に通じないことは百も承知しているが、わざとそういう言葉を使うのである。向うがほんとにしょげている時は、わざとこちらも間を外して、あまり響かないような叱り方をするのが私の流儀で、叱りつけながらも、何とまあ理解のある父親で私はあることだろうと、自分ながらつくづく思う。

「落したのは、定期券だけか？」

「いや。定期と、身分証明書と、五百円紙幣と——」

「なに。そんなもの、皆いっしょくたにしてたのか。なぜ別々にしとかないのだ！」

私の声は荒くなる。五百円というのは、万一の事態の時使うようにと、上衣の内側に秘密のポケットをつくって、そこに縫い込めてある筈のものなのだ。すると、そこがほころびたから、取りあえず定期といっしょにして置いたんだという。

「どうしてセルロイドに紐をつけておかないのだ？」

つけておいたんだけれど、昨日のバスが満員で、紐が車掌さんのボタンに引っかかって、それで千切れてしまった。つまり満員が悪いのだと、すこし元気を回復したのか、強弁し始めて来た。ちょっとあまい顔を見せると、すぐにこれだ。

「じゃ落したのも、あたりまえだというのか？」

「あたりまえというわけじゃないけれど、地球には引力というものがあって……」

「引力があるのは昔から判っている！」

とうとう私も理解がなくなって、怒鳴りつける。理解にも限度がある。

「お前が落したんだから、お前が拾え。落したものが、拾えないわけがない！」

私の住居は東京でも辺境の区にあって、したがって便所のつくりも旧式である。オリンピックまでには下水道を完備して、全部水洗便所にするなどと、誰かが大見得を切っていたようだが、おそらく私の区まではその恩恵は及ばないだろう。万事がお粗末で、あと廻しで、たとえば四、五日前の新聞に『都内の郵便遅配は全部解消』という見出しがあったから、これで遅配地獄も解消したかと喜んで本文記事を読んでみると、『N郵便局をのぞいて全部解消するにいたった』などと書いてある。その札つきのN区に、私の住居があるのである。ほんとに私は土地の選定をあやまった。こんなやくざな土地をえらんだばかりに、私は永久に郵便遅配になやまされ、そのまた子供は便壺を探らねばならぬ羽目におちいった。

　本来ならば、オヤジたる私がやってやるべきことかも知れないが、この作業は特に大人の腕力が必要というものでなし、また特別の技術が必要というわけでもない。辛抱出来かねるような要素がひとつあるが、それは大人にとっても小学生にとっても同じことだ。敢然としてやれば、誰にだって出来る。

「早いとこやれ。日が暮れて暗くなると、見えなくなってしまうぞ！」

　これには息子も閉口して、区役所の汲取係に電話したらどうかとか、近所の百姓さんに頼んでみようかとか、いろいろ妥協案を持ち出して来たが、時刻が時刻だから役所は終っているだろうし、近頃の汲取係はヴァキュームカーを使用しているから、定期券だけ取り出すのは不可能だ。近所の百姓も、近頃は人肥などは使わない。したがって取って呉れるわけがない。

日が沈んで、だんだんあたりが暗くなって来た。定期が拾えなくて、早速困るのは息子の方で、こちらは何も困りはしないから、知らぬふりをしている。寝ころんで、夕刊を読んだりしている。

しばらくしてどういう具合かと、抜き足さし足様子を見に行ったら、懐中電燈を窮屈そうに小脇にはさみ、紐のようなものを、何か人形芝居の太夫みたいな手付きであやつっていた。台所に針金の切り屑が落っこちていたところを見ると、きっとその先に針金製の釣り針がくっついているのだろう。

「ええと、地球に引力のあることも、よしあしだと……」

そんなひとりごとを言いながら、指を動かしている。ハゼ釣りじゃあるまいし、そんなあやふやな手付きで、あのつるつるしたセルロイドが釣れるものかと、私はまた抜き足さし足、元の部屋に戻って来た。うっかり助言すると、お鉢がこちらに廻って来るおそれがある。また十分ほど経って、そっと様子をうかがったら、今度は棒状のもので、すり鉢でとろろ芋をこねるような恰好で、しきりにかき廻していた。道理でにおいが激しいと思った。私は声を荒らげた。

「何をしてんだ、お前は！」

「鍬《くゎ》だよ」

子供は投げやりな口調で、やけっぱちな言い方をした。

「もうダメだよ。奥の方に沈んじゃった」

鍬だってそんな使われ方をしては、不本意に違いない。それに鍬ですくい上げようというのは、紐で吊り上げるより着想はいいが、うっかり間違うとかえって逆効果になるおそれがある。実際にうちの子供はヘマをやって、とうとう迷宮入りにしてしまった。

「仕方がないなあ。便所をかき廻すのに、鍬を使うやつがあるか！」

私は子供の頭をこづいた。

「これはもう山名君に頼むより他はない。ほんとにこれから気をつけろ。鍬はちゃんと洗って、物置にしまって置け」

今考えると、何も山名君に頼む手はなかった。定期や身分証明書は、事情を話して再発行して貰えばいいし、つまり五百円紙幣だけをあきらめればよかったのである。

息子の気持の動転が若干こちらに伝染して、つい計算違いをした。

山名君というのは私の年少の友で、しかも年来の友達で、終戦後しばらくして以来の知合いだ。なかなかマメな人物で、何か足りないとか、困っていることがあるというと、たちまちかけつけて、物資を都合したり困難を解決したりして呉れるので、私の家ではたいへん重宝している。もっともうちの者に言わせると、いろいろやっては呉れるが、山名君はそれで結構抜け目なく儲けている、とのことだけれども。

で、うちの者を呼んで相談した。

「やはり山名君に頼んで、取出して貰うより方法はないと思うが、どうだね。しかし近頃彼は、あまりうちに出入りしないようだが、どうしてるんだろう」

「犬のことで気分をこわしてるのよ」

「犬のこと？　ああ、あの犬か。あんな高い犬、うちで飼えるか」

あれはいつのことだったか、ある日私の家の庭に人間の足跡がついていたことがあった。夜中に誰かが無断で庭に入り込み、のそのそと歩き廻ったらしい。警察へ届けるほどの事件ではないが、あまり気持のいいことではないので、思案の揚句山名君に電話をかけた。山名君は早速天眼鏡だの巻尺だのをたずさえて、嬉々《きき》としてかけつけて来た。こんな事件になると、彼は俄然張切って、嬉しそうな表情になるのである。

「なるほど。これはまさしく泥棒の足跡ですな」

天眼鏡で足跡を仔細に観察して、山名君はそう断言した。彼の説によると、これは十文半《ともんはん》の靴を穿いた、割合スマートな身体つきの泥棒だそうで、いずれ侵入するつもりで、下見に来たに違いないと言う。

「下見？　気持の悪いことを言うねえ。じゃこれから戸締りを厳重にすることにしよう」

「戸締りより、犬です。犬を飼うのが、一番です」

と彼は説教強盗みたいな口調で力説した。

「そのうち血統書つきのいい犬を探して、持って来て上げますよ」

そういう話になっていたのだが、なかなか持って来ない。忘れてしまったのかと思う。そのうちにどこかの飼犬が幼児をかみ殺したという事件がおこったり、郵便配達がかまれて困るから、犬を放し飼いにしている家には配達中止も考えている、というような新聞記事が出たりして、だんだん犬を飼うのも面倒になって来た。そこで家族を呼びあつめ、犬を飼うのはやめにしたと宣言したところ、子供たちが承知しない。

「約束じゃないか！」

「約束じゃないか！」

異口同音に叫んで、私に飛びかかり、肩をがくがくとゆすぶる。生き物を飼うということは、たいへん手数のかかるもので、餌をやらねばならぬし、散歩にも連れ歩かねばならぬし、便の始末もしてやらねばならぬ。子供なんて得手勝手なもので、そういう手数を一切大人に押しつけて、自分たちは可愛がるだけの方に廻ろうとしている。腹が立ったから、私は断乎として拒絶した。

「ダメだ！　ダメと言ったら、ダメだ！」

何故ダメなのか。犬という動物を嫌いなのか、と詰め寄って来る。

「根っから嫌いというわけじゃないが、ウンチをする時の姿勢がおれは嫌いだ。あの恰好を見ると、何だか生きていることがイヤになって来る」

以前私も犬を飼っていたことがあって、エスという名で、そのエスがたいへん尻癖《しりぐせ》が悪かった。散歩に連れ出すと、肉屋とか八百屋とか魚屋、そんな食べるものを売る店の前に来ると突然便意をもよおすらしく、れいの恰好でしゃがみ込んでしまう。店員は怒って私をにらみつけるし、お客たちも気分をこわして買わないで出て行ってしまう。私が悪いのではなく、エスが悪いのであるが、皆エスをにらまないで、私をにらむのはどういうわけだろう。だから私は視線のやり場がなくてエスをにらみつけると、エスは、済まない、済まない、出ものはれもの、許して下さい、と消えて入りたいような哀願的な目付きになって、その癖しゃがんでいることを中止しない。途中で中止出来ない気持は判るが、衆人ににらみつけられている主人の身にもなって呉れ、と言いたくなって来る。

だからエスを街歩きに連れ出すのは禁物で、もっぱら住宅街や畠中道を歩かせることにしていたが、近頃はそれも問題になっているらしく、新聞の投書欄などで、犬を散歩させる時は割箸とビニール袋を持参せよ、ウンチをしたらはさんで袋に入れて持ち帰れ、などという主張が出たりしている。それが出来なきゃ、犬を飼う資格はない、と言うことだそうである。それではとても私は犬を飼う資格はない。犬の糞拾いなんか、死んだってイヤだ。そういう気持を全部こめて、犬の排便の姿勢にケチをつけたのであるが、すると子供は逆襲して来た。

「じゃしゃがまなきゃいいのか？」

「うん。しゃがまなければいい。しかし、しゃがまない犬が、この世のどこにいる？」

「犬はしゃがむけれど、猫はしゃがまないよ。猫を飼ってお呉れ」

「猫？」

私は眼をぱちくりさせた。

「猫。猫はしゃがまないかねえ。なるほど。でも、猫では泥棒よけにならない」

泥棒なんて初めから条件に入っていなかったじゃないか。約束が違う、約束が違う、とわめき立てるので、私はもううんざりして、根負けして、お前たちのいいようにしろと言い捨てて、書斎に引っ込んでしまった。

次の日曜日、子供たちはどこかに遊びに行ったが、夕方バスケットを重そうにぶら下げて、エッサエッサと戻って来た。どこに行ってたんだと聞くと、画家の中尾彰さんの家に遊びに行ったんだと言う。

「そして、猫を貰って来たよ」

「なに？　猫を？」

見るとそのバスケットは、うちのバスケットである。子供たち同士でしめし合わせ、貰うつもりでうちの古バスケットを持ち出したに違いない。

「中尾さんの小父さんが、よろしくと言ってたよ」

「うん。貰って来たなら仕様がないけれど、どんな猫だね。出して見せなさい」

バスケットの蓋を取ると、白いものが物憂げに背伸びをして、ニャアと啼き声を立てた。見ると純白の仔猫で、私は猫についてあまり知識はないが、顔は小さく、尻尾が長く、なかなかいい毛並みである。たいていの猫は見知らぬところに連れて行かれると、おどおどとおびえたり、じたばたと逃げ廻ったりして落着かないものだが、この猫はそうでなかった。悠々としていて、仔猫ながらも王者の風格があった。

「ね。いい猫だろ？」

子供たちは私の目付きをうかがった。あんまり感心しないから返して来い、と言われやしないかとおそれているのである。

「うん。いい猫だ」

と私が誘われて返事したものだから、たちまちその猫はうちの一員となって、レオという名がつけられた。名付親は私である。レオという言葉には、たしか獅子という意味があったように思う。

早速猫用の茶碗と皿を買い求め、また排便用の砂箱もつくってやった。砂箱で排便

楽しみ上手は老い上手

岸本葉子

心や体の変化にとまどいつつも今からできることをみつけたい。時間と気持ちにゆとりができたなら新たな出会いや意外な発見？　期待も高まります！

●792円

数学の世界

森毅／竹内啓

教育者でもある数学者と、数学の社会的役割に注目する統計学者による対談から、人間の文化を豊かにする数学の多面的な魅力が浮かび上がる。〈解説〉読書猿

●1056円

談志受け咄

家元を笑わせた男たち

立川談志

任侠・落田八郎、歌手・ジミー時田、そして毒蝮三太夫。人生の師匠に捧げた『酔人・田辺茂一伝』に続き綴られた、友への家元流ラブレター。〈解説〉毒蝮三太夫

●968円

人間とマンボウ 新版

北杜夫

三島、川端からトーマス・マン、斎藤茂吉まで。北文学の原点となる作品や作家をユーモラスに綴る、マンボウ風文学エッセイ。〈エッセイ〉三島由紀夫／佐藤愛子

●946円

カロや
愛猫作品集
梅崎春生

文庫オリジナル

吾輩はカロである――。「猫の話」「カロ三代」ほか飼い猫カロをめぐるドタバタを描いた小説・随筆を中心に編集した文庫オリジナル作品集。〈解説〉荻原魚雷

●946円

ネコ・ロマンチスム
吉行淳之介 編

気まぐれで不可思議で魅力的な生き物に、夢と現実のあわいへ導かれる――。豪華な執筆陣による、猫にまつわる幻想的な作品全一三篇を収録。〈解説〉福永 信

●946円

愉快なる地図
台湾・樺太・パリへ
林 芙美子

文庫オリジナル

旅だけがたましいのいこいの場所――台湾、満洲、欧州など。肩の張らない三等列車一人旅を最上とする著者の若き日の旅。〈解説〉川本三郎

●990円

エミリーに薔薇を
フォークナー
高橋正雄 訳

ミステリの古典にも数えられる表題作ほか「あの夕陽」「ウォッシュ」など必読の短篇全七篇。巻末に中上健次の講演「フォークナー衝撃」ほか一篇を収録。

●1100円

新装版 マンガ 日本の歴史

石ノ森章太郎

【全27巻】以下続刊！

現代編スタート 全巻完結間近！

㉕ 大日本帝国の成立

一八九〇年、東洋初の憲法の下で初の衆議院選挙が実施され、九四年、日清戦争開戦。戦後も列強の脅威は高まり、日本は南下政策をとるロシアと激突する。

●924円

歴史マンガの金字塔

シリーズ累計 980万部！

東大卒最強のクイズ王

伊沢拓司さん推薦！

好評既刊

❶〜❻ 古代編

❼〜⓬ 中世編

⓭〜⓳ 近世編

⓴〜㉒ 近代編

㉓・㉔ 原始編

中央公論新社　https://www.chuko.co.jp/

〒100-8152 東京都千代田区大手町1-7-1 ☎03-5299-1730（販売）

◎表示価格は消費税（10%）を含みます。◎本紙の内容は変更になる場合があります。

の模様を観察したら、しゃがまないという話だったが、猫だって結構しゃがむのである。（話が違うじゃないか！）ペテンにかけられたことが判ったけれども、もう居付いてしまったことだし、また可愛くもなって来ていたので、追い出すわけには行かない。

それから一週間経った頃、山名君から久しぶりに電話がかかって来た。

「御無沙汰しております。いい犬の出物がありましたよ。お宅にぴったりです。血統書つきでね、値段はすこし張りますが、一万飛んで五百円」

「おいおい。ちょっと待って呉れ」

私はあわてて押しとどめた。

「あんまり持って来ないから、うちじゃ犬はもうやめにして、猫を飼うことにしたんだよ」

「猫？」

電話の向うで眼を剝いているありさまが、まざまざと想像出来る。

「そんなムチャな。猫が泥棒よけになりますか。もうこちらじゃ、あなたをあてにして、売主に金を払ってしまったんですよ。僕にさんざん苦労させて、今更犬を猫に乗りかえるなんて！」

いろいろ恨みごとだの厭味だのを並べ立てたけれども、遅れたのは山名君の責任だし、もう猫を飼ってしまったんだから、私としてもどうしようもない。第一値段が一万五百円だなんて、どんな犬かは知らないが、私の性に合わない。いずれつぐないはするから、どこかよそに廻して呉れということで話をつけて、電話を切った。それ以後彼はわが家に姿をあらわさないが、あるいはうちの者が言うように、そのことで気分をこわしているのかも知れない。

しかし、定期券のことは、焦眉《しょうび》の急である。放っておくと溶けてしまうおそれがある。以前の経緯にかかわってはいられない。早速ダイヤルを廻したら、山名君は留守であった。彼は定時制中学の図工の先生をやっていて、そこに出かけたのである。あらましの用件を留守宅に話し、電話を切った。翌朝向うから電話がかかって来た。

「そりゃまた具合の悪いところにおっことしたもんですなあ」

電話の向うで、山名君ははずんだ声を立てた。人が困っていると、彼はいつもこのように嬉しそうな声を出す。

「ちょいとつまんで取れないのですか？」

「それがダメなんだよ。子供が鍬でいじり散らして、奥の方に押し込んでしまったんだ」

向うが嬉しそうな声を出す分だけ、こちらは哀れっぽい声を出す。ものには均衡ということが大切だ。

「たよるのは君だけだ。どうにかならないかねえ」

「便所ねえ。場所が場所だけれど、どうにかやって見ましょう」

「何か道具が要るなら、こちらで準備して置くが——」

「いえ。その必要はないです。うちの家庭菜園に使っている桶とヒシャクを、持って行きますから。ただね、仕事が仕事だから、風呂をわかしておいて下さい。済んだら入りますから」

私はうちの者に風呂の仕度を命じ、山名君の到着を待った。やがて彼は自転車にまたがり、背後にリヤカーを引っぱってやって来た。リヤカーには古ぼけた肥桶と大ヒシャクがしばりつけてある。

「やあ。今日は」

山名君はいそいそと肥桶の綱をといた。しばらく見ないうちに、すこし肥って、血色がよくなったようである。渋団扇《しぶうちわ》みたいな肩にも、肉がついて来たようだ。

「肥ったようじゃないか。貫禄が出て来たよ」

私はお愛想を言った。

「まあ上にあがって、一服しないかね」

「一服もいいですが、その前に仕事を片づけてしまいましょう」

山名君は甲斐甲斐しく袖をまくり、ズボンの裾をたくし上げた。

「棒きれか何かありませんか」

古ステッキを出してやった。すると彼はそれをたずさえ、便所に入った。突き刺してその手応えで、物件の所在を知ろうというのである。山名君は半眼になり、全神経を指先にあつめて、さながらツボを探り求める鍼医《はりい》のように慎重に、ステッキを操作した。本来なら作業は彼にまかせ、こちらは引込んでいてもいいのだが、それでは彼に悪いような気持がして、私もつき合っている。

「ははあ。なるほど」

半眼のまま、山名君は合点合点をした。

「大体ここらあたりに沈んでいますな。よろしい。汲取りにかかりましょう」

「驚いたもんだね。手先だけで判るのか」

「判りますよ。僕の指先の神経は、人一倍敏感に出来ていますからねえ。そうでなきゃ、図工の先生なんか勤まらんです」

鼻をうごめかしながら、用済みのステッキを差出した。私はおそるおそるその柄をつまみ、慎重に井戸端に持って行った。どうも私は排泄物に対して弱い。軍隊にいた時も、厠《かわや》当番が一番ニガ手であった。

私がステッキを洗滌《せんじょう》している間に、山名君は汲取りを開始した。大体所在は突きとめたと言っていたくせに、なかなか物件はすくい上って来ない。しかし汲取方は、日頃家庭菜園できたえていると見え、へっぴり腰でなく、ちゃんと腰もすわり、ヒシャクの使い方も手慣れたものである。だからまた褒めてやった。

「うまいもんだね。本職はだしじゃないか」

「こういうものは、すべてコツでしてね」

山名君はやに下った。

「そら、こんな具合にすくうと、こぼれないでしょう。素人がやると、すぐはね散らかしたりして、失敗する」

「あり場所は判ってんだろ。早くそこをすくったら、どうだね？」

「そうかんたんに行きませんよ。そこに到達するまでの邪魔ものを、こうやって排除しないと――」

結局定期券が姿をあらわすまでに、彼が汲取った邪魔ものは、肥桶いっぱいにるいるいと盛り上った。それまで傍でつき合っているのも、なみたいていのことではなかった。

『わがものと思えばかるし笠の雪』とか何とかいう句があるが、こればかりは自分のものでも、気易くつき合う気持にはなれない。

ヒシャクの片すみに、セルロイドの枠のようなものがチラリと見えた時、私はほっとした。しんそこからほっとした。自分で汲取るより、他人に汲取らせる方が、はるかに気疲れがするものである。

私は台所にかけて行き、使い古しの割箸を持ってかけ戻って来た。つるつるすべって、なかなかつまめない。注意深く、手に汚物がかからないように、やっとのことではさみ上げる。小学校運動会のスプーンレースのような恰好で、井戸端へ走る。水をざあざあ出して、丹念に洗ってやる。五分間ぐらいもかけたから、もうよかろうと戸内にとって返し、軍手をはめて井戸端に戻り、つまみ上げて裏庭に廻る。折しも秋の日が雲を出て、さんさんと光を地上にそそいだから、これさいわいとセルロイドの中から物件を取出し、芝生の上に並べた。早いとこ乾かそうというつもりである。

「あれ。これはもう使いものにならないなあ」

思わず嘆声が私の口からもれ出た。定期券も身分証明書も、一晩つかっていたせいだろう、妙な色に染まって、スタンプのインキなんか滲《にじ》みに滲んで、もう判読出来なくなっている。さすがに五百円紙幣だけは、いくらか色に馴染《なじ》んではいるが、模様は滲んだりぼやけたりせず、ちゃんと原形をとどめている。もっとも一晩やそこらで滲んでは、紙幣としての価値はないだろうと思う。

「大山鳴動して鼠一匹、か」

何だかいまいましい気分であった。

「働いたあとの風呂は、いい気分ですねえ」

顔をつやつや光らせて、山名君は風呂場から茶の間に戻って来た。

「これで刺身でいっぱいと来れば、もう申し分はない」

「生憎と刺身はないけれどね、まあこちらへどうぞ」

私は上座に誘った。いつもなら私が上座にすわるのだけれども、今日は敢然と汲取ったことにおいて、彼が最大の実力者だから、上座にたてまつる気になった。うちの者がビールを運んで来た。私たちは乾杯をした。あとになって考えると、何を祝って乾杯したのか、私にもよく判らなかったけれども。

「自分で汲取りまでやるんじゃ、家庭菜園もたいへんだね。慣れるまでが一苦労だっただろう」

「慣れるって、あんた、あんなもの――」

山名君は手の甲で、唇の泡を拭いた。

「きたないと思う方が間違いですよ。きたないなんて、人間の錯覚です」

「ほう。そんなものかねえ」

「僕なんかはあれを見ると、親愛感やむしろ尊敬などを感じますね」

「尊敬を?」

「そうです」

彼は南京豆をつまんだ。

「同じ糞でも、目糞とかハナクソは、どちらかというと、軽蔑される。ところがあれは軽蔑されない。あなたはあれを軽蔑しますか？」

「いや。別に軽蔑は感じないけどね」

桶の中にるいるいと積み重なったあれの姿を瞼に描きながら、私は答えた。

「それはやっぱり量の問題じゃないか。こちらはずっしりと重量感があるから重んぜられるし、ハナクソは小粒で吹けば飛ぶような趣きがあるから、軽蔑されるんだろう」

「そうじゃないですよ。重量感の問題じゃなくて、質の問題ですよ！」

彼は語尾に力をこめた。ここぞという時には、実に自信ありげに断定する癖が、彼にはある。

「目糞だのハナクソだのというやつは、人体に寄生している。言いかえれば居候ですな。人間の役には何も立っていない。それは判りますね」

「うん」

「ところがあれは、いろいろ仕事をして、人体を悠々と通り抜けて、つまり人間で言うと、功成り名とげたという形です。ハナクソなんぞと一緒にしては、失礼にあたる」

「あれ、功成り名とげたのか」

「そうですよ。目糞だのハナクソだの、どんなにたくさん集めても、これは肥料にならない。ね、そうでしょう？」

「うん。そりゃ肥料にならないだろうな。もっとも集める人もいないだろうけれど」

「ところがあれは少量でも、りっぱに肥料になる。つまり格が違うんですよ。だから敬愛すべきです」

「敬愛か」

どうも言いくるめられているような気がする。

「しかしそれにしては、あまり香ばしくないようだねえ」

「においというものは、主観的なものですよ」

彼は手酌でビールをとくとくと注いだ。

「日本人が愛好する味噌やタクアンも、外国人には耐えがたい悪臭になるし、逆に外国人が愛好するチーズ……」

「うん。判ったよ。判った」

私は押しとどめた。こういう問題は、いくら議論しても、果てしがない。すると山名君は、それをごまかしと受取ったらしく、声を高めた。

「いやしくもあれは身の内を通ったものですよ。人間は少し自分のあれに責任を取らなきゃいけませんね。犬や猫だって、自分のあれに対しては、ちゃんと責任を持ち、自分で砂をかぶせたりして、始末しています。やりっ放しは、人間だけです」

「そうそう。犬で思い出したが——」

私は辟易して話題を変えた。

「この間は犬のことで、迷惑をかけたね。あの犬、どこかよそへ廻ったか？」

「廻るもんですか。あんなやくざ犬、いや立派な犬」

山名君は言いそこなって、あわてて袖口で口を拭った。

「仕方がないから、家で飼っていますよ。とても賢い犬です。便所なんか自分で行くんですよ」

「便所って、人間の便所にか？」

「そうですよ」

「君んちの便所には、扉がないのかね？」

「いやですねえ。もちろんありますよ」

彼はうんざりしたように鼻を鳴らした。コップを重ねたから、額のあたりがそろそろ薄赤くなっている。

「扉がなきゃ丸見えになるじゃないですか。あの現場を他人に見られたんじゃ、恰好がつきません」

「すると、その犬は――」

私はほとほと感服して、彼にビールを注いでやった。

「自分で扉をあけるのか」

「そうです。こういうことは訓練ひとつでね、どうにでもなるもんですよ」

「それは器用な犬だなあ」

人間のあれと犬のあれが混合するということは、何か不都合のような気がするが、しかし手数がかからなくていいだろう。

「うちの猫なんか砂箱だけれど、砂箱の砂を取替えるのが一苦労だ」

「あ。猫を飼ったんですね」

山名君は眼を据えるようにした。レオのために犬を売りそこねたのだから、彼としても心おだやかでないに違いない。

「どんな猫ですか。ちょっと見せて下さい」

「うん」

私は立ち上って、レオを探した。レオは裏庭の芝生の日だまりで、うつらうつらと眠っていた。私は庭下駄をつっかけ、レオを抱き上げ、そのついでに先刻干したものをしらべたら、もうすっかり乾いていた。定期と身分証明書はもう使いものにならないようなので、そこに放置し、五百円紙幣だけを折り畳んでポケットに入れ、茶の間にとって返した。

「どうだ。いい猫だろう」

私はどさりとレオをおろした。

「名前はレオと言うんだ。僕がつけてやったんだよ」

「いくら名前がよくったって、猫は猫です」

山名君は冷笑した。

「とても犬にはかないませんよ」

「でもね、この猫は面白いんだよ」

ケチをつけられて、私も少々躍起となった。

「犬はテレビを見ないが、このレオはテレビを見るんだよ」

かつてまだエスが生きていた頃、エスの教育のために『名犬リンチンチン』というテレビ番組を見せたことがある。そんなのでも見せたら、すこしは利口になるかと思ったのだ。ところがエスは一向テレビの方は見ずに、横目で私の晩酌の肴の方ばかりをにらんでいて、全然教育の実が上らなかった。犬にはテレビを見る能力が欠けているのではないかと思う。

ところがこのレオは、何も見ろと強制しないのに、テレビの前にきちんと坐って、まじまじと画面を見上げている。時に感心した風に首を曲げたり、ニャアと啼いたりするのだ。

「犬は、テ、テレビ見ませんかねえ」

虚をつかれたらしく、山名君はどもった。

「見ない。絶対見ないね。もし見る犬があったら、それは国宝ものだよ」

「しかしですね、猫がテレビを見ると言っても、テレビの内容を理解しているということにはなりませんよ」

彼は腕まくりをして、逆襲に転じた。

「猫というやつは、チラチラ動くやつが大好きなんですよ。蠅が飛んでりゃ、ぱっとその方に視線を向けるし、猫ジャラシをチラチラさせてやると、たまりかねて飛びついて来る。条件反射みたいなもので、つまりそれは猫の本能なんです。テレビの画面がチラチラするから、眼が放せないだけであって、何もおどろくことはない」

「ずいぶん猫の心理を理解しているようなことを言うね」

「理解しようがしまいが、それが常識というものです。とにかく猫という動物は、何の役にも立たない。泥棒よけにもならないし、お使いも出来ない」

彼はかさにかかって、ますますケチをつけた。

「それにうちの犬みたいに、自分で便所に行かずに、砂箱にやり散らかして、砂をかえるという手数を人間さまにかける。最低ですな」

自分で便所に行けるか否かが、動物の偉さの基準にはならないと思うけれども、議論も面倒くさくなったし、それにビールも尽きてしまったので、私は黙ってさっきの五百円紙幣をポケットからつまみ出し、山名君の前に差出した。

「今日はいろいろムリな仕事をして呉れてありがとう。これはまあお礼のしるしに」

「はあ。それはどうも」

彼はそれを受取り、ちょっと押しいただいて、ポケットにおさめた。先刻まであそこに沈んでいたものとは、神ならぬ身の知る由もなかろう。

「いろいろ御馳走さまでした。これでお暇《いとま》します」

彼はふらふらと立ち上った。

「ああ、いい気持だ。また何か用事があったら、電話をかけて下さい。では」

ちょっとあと片付けをして、私が玄関を出ると、山名君はすでに自転車にまたがり、出発寸前のところであった。

「大丈夫かい。転ばないようにして帰るんだよ」

「大丈夫です。バイバイ」

と、山名君を乗せた自転車は遠ざかって行ったが、どうもリヤカーの揺れ方が軽佻浮薄で、いささか腑に落ちない。私はうちの者に言った。

「あの桶、まるで空《から》みたいだね」

「ええ。空よ」

「なに。空だと？　ではどう始末したんだろう？　どこかに捨ててでも来たのか？」

「そんな手数をかけるもんですか、あの人が！」

　うちの者は忌々《いまいま》しそうに舌打ちをした。

「すっかりまた元の便壺に戻してしまったんですよ」

「元に戻した？　折角汲み出したのに！」

　私は大声を出したが、考えてみると私は彼に、物件を取出して呉れとは頼んだが、汲み出して呉れとは頼まなかった。だからその点元に戻されても、文句のつけようはないようである。

　それで結局、物件は取出しては見たものの、定期と身分証明書は役立たずとなり、かろうじて五百円紙幣だけはたすかったが、お礼に彼に持って行かれてしまった。私の得たものは、無である。ビールを彼に御馳走しただけがマイナスということになり、向うではそんな気はないかも知れないが、こちらはどうも山名君にしてやられた気分がして仕方がないのである。


（「小説新潮」一九六一年一月号）

ウスバカ談義

「今日こちらにおうかがいする途中――」

カロを膝の上に乗せて、貧乏ゆすりをしながら、山名君は話し始めた。

「国電中野駅で二人の男が、喧嘩をおっ始めましてねえ。どちらもちゃんとした身なりで、鞄なんか持っていたから、多分サラリーマンでしょう。僕は自分で喧嘩をするのはイヤですが、他人の喧嘩を見物するのは大好きです」

「誰だってそうだよ。たとえば火事だって、自宅が燃えるのはイヤなもんだが、よその火事だと、急ぎの用をさし置いても、走って見に行く。それでその喧嘩の原因は?」

「それがつまらないことで、足を踏んだとか踏まれたとかいうことらしいです。こういうことはいくら論争したって、片づく話じゃありません。とうとう片方がどなりましたね。シラを切るな、この大バカ野郎とね。すると相手も言い返しました。なにを、このウスバカ野郎！」

山名君はカロの咽喉《のど》をくすぐった。カロは気持よさそうに、グルル、グルルというような音を立てた。

「するとウスバカと呼ばれた方が、怒りましたねえ。まっかになって、カンカンのカアスケになって、鞄を捨てておそろしい勢いで相手の胸ぐらをつかんだですな。ウスバカとは何だ。このおれをつかまえてウスバカとは何ごとだ。取消せ。取消せ！」

「ほう。それで？」

「すると相手も怒って取組合いになるのかと思ったら、意外にもしゅんとなって、うん、なるほどウスバカは言い過ぎだった、取消そう、と言ったもんですからね、いきり立った男も気を抜かれたらしく、相手の胸ぐらから手を離し鞄を拾い上げ、これから言葉に注意せよと捨てぜりふを残して、こそこそと人混みの中に逃げて行ったですな。取消した方も鼠のようにウロチョロと、どこかに行ってしまった。折角たのしみにしていたのに、喧嘩はそれでおしまいです」

その時レオがニャアと啼《な》きながら近づいたが、山名君から頭をこつんとこづかれ、あわてて方向転換して、私の膝に這い上った。

「おいおい。あまりカロばかり可愛がって、レオにつれなくするんじゃないよ。レオがひねくれるよ」

「はあ。そうでしたか。それはどうも」

埋め合わせのつもりか、彼は自分の膝の上のカロの頭をぐいとこづく真似をした。

「それで――」

タバコに火をつけながら私は言った。

「怒った方の男は、たしか相手を、大バカ野郎と呼んだ筈じゃなかったかね？」

「そうです。そこが問題です」

箱の中から私のタバコを平気で抜き取って火をつけた。ライターだけが目前である。山名君はうちに来ると、いつもその流儀なのである。

「中野からバスに乗って、その中で考えたんですけどね、大バカよりウスバカの方が、ののしり方としてはきついんですよ」

「なぜ？」

「大バカてえのはね、バカの大なるものですから、箸にも棒にもかからない手合いのことです。ところがあの二人の男にしても、われわれにしても、一応妻子を持って、社会生活をしている。大バカと言われても、自分は大バカでない、あれはたんなるののしり言葉だてえことを、ちゃんと知っている。だからむきになって、怒る気にはなれない。やはり洋モクはおいしいですねえ」

山名君はうまそうに煙の輪をはき出した。

「ところがウスバカの方はそうは行きませんや。ウスバカというと、バカの程度が浅いやつで、普通人よりちょっと知能程度が低い手合いです。社会生活もできるが、どこか釘が一本抜けているという感じのものです。あの二人のサラリーマンも、あまりとんとん拍子に出世しないし、仕事上のへまも時々やるし、時には考え込んでオレはちょっと知能が低いんじゃないか、釘が一本抜けてんじゃないか、つまりウスバカじゃないだろうか、という気持が胸の奥底のどこかにとぐろを巻いている。それを真正面から、図星と言わんばかりに、このウスバカ野郎とはっきり言われたら、かっとなるのも当然でしょう。一番痛い真実をつかれたわけですからね。事実かっとなって相手の胸ぐらをつかみ、つかまれた方もこれはむきだしの真実を言い過ぎたと悟って、あっさり取消したんです。口喧嘩にもルールがありましてね、あなた、夫婦喧嘩は時々やりますか？」

「時々というほどじゃないが、まれにはやる」

「その時、相手をグサッと突き刺すような言葉は、お互いに本能的に避けるでしょう。それがルールというものです。あんただって誰かと喧嘩して、大バカと言われるより、ウスバカと言われる方がこたえるでしょう」

「うん。ウスバカ。ウスバカ。なるほど、ウスバカと言われると、むらむらっとする」

「そうでしょう」

　山名君は勝ちほこったように、鼻をうごめかした。

「それはあんたにウスバカの気《け》がある証拠です。争えないものですな」

　一昨年私は家を建て増して、書斎をつくった。東と南に大きな窓があるので、たいへん日当りがよくて、ぽかぽかとあたたかい。だから猫も私たちの膝に乗ったまま、立ち退こうとしないのだ。山名君はカロの背中をいとおしげに撫でさすった。

「あれ以来猫も、あまり遊びや外廻りに出かけなくなったでしょう」

「うん。そうでもないよ」

私はいくらか渋い表情になった。

「時に君は、アレをどうしたんだね。食べてしまったのか？」

カロというのは山名君が持って来た猫である。

私の膝の上に乗っているレオは、うちの子供が中尾さんからもらって来た猫で、色は純白で、顔が小さく尻尾が長く、耳がピンと立っている。私は猫についてあまり知識はないが、きりっとした風格があって、なかなかいい猫だと思う。ところがある日山名君がやって来て、このレオにけちをつけた。

「ダメですよ、こんな猫、雑種にきまってるじゃないですか。まあ、この尻尾の形の悪いこと」

彼はわが家の差配をもって任じているから、私が勝手に猫を飼ったのが面白くないのである。乱暴にもレオの襟首をつまんで、空中にぶら下げた。

「ほら、脚をだらりと伸ばしてるでしょう。これは鼠もとれない駄猫です」

「駄猫でもいいんだよ」

私はいくらかむっとして言い返した。

「それに僕の家には、鼠なんか一匹もいない。それに鼠をとるために猫を飼うというのは、功利主義というもんだよ。うちの猫はもっぱら鑑賞用――」

「鑑賞用ならなおのこと、いい猫を飼うべきですよ。よろしい。僕がいい猫を探して来て上げましょう。血統書つきのすばらしいやつをね」

「おいおい。血統書つきはごめんだよ。この前の犬でこりた」

　先年山名君は血統書つきの犬を七千円で押しつけたが、その犬は身体が悪くすぐ死んでしまった。医者代その他でかれこれ一万円以上の損害を私にかけたのだから、血統書については彼は私の前ではあまり大口をたたけないのである。彼は頭をかいた。

「では、血統書なしと行きましょう」

　それから四、五日して、山名君は意気揚々としてバスケットをぶら下げ、わが家に乗り込んで来た。書斎で蓋《ふた》をあけると、ニャアと出て来たのがこの猫である。

「どうです。いい猫でしょう。ペルシャです」

　畳に坐って、不安げにきょときょとあたりを見廻している。毛色が白なのは、レオに張り合ったつもりらしい。しかしその白毛もうすよごれて、全体としてやせこけていて、眼ばかりぎょろぎょろしている。あんまりパッとしない猫相であった。

「眼をごらんなさい。気品があるでしょう。実に高貴な感じがする。これがペルシャ猫の特徴です」

こちらには猫の知識がないものだから、ペルシャだのシャムだのということは、いっこうに弁別出来ない。どうもそこをつけこまれているような気がする。

「名前は、そうですね、カロということにしましょう。カロや、御主人に忠義をつくすんだよ。判ったね」

猫に忠節を説いても判るものか。私はあきれて言った。

「もちろんこの猫はタダだろうね」

「え？　タダですか？」

「そうだよ。血統書もついていないし、第一猫ごときに金を出す気になれない。それにふつうは、猫を持って来る時には、カツオブシの一本もそえるのが礼儀だよ」

「カツオブシ？　それではまるで踏んだり蹴ったりですな。ええ。それなら、どうせあれだから、タダにしときます」

「え？　どうせあれって、何のことだね？」

「いえ。それはこちらのことです。何でもありませんよ」

むにゃむにゃとごまかしてしまった。しかし全然タダというのも気の毒だから、晩飯を御馳走して帰した。あとで家人に聞くと、カロは台所に行き、レオの食い余しの猫メシを、おどろくべき速度でがつがつとむさぼり食ったという。

「あれ、捨て猫を拾って来たんじゃないかしら」

というのが家人の意見だったが、山名君に問いただして見ないから、当っているかどうか判らない。

かくしてわが家の猫は二匹になった。

初めの一日二日は、じっと相手を観察して、お互いに反目し合っていたようだけれども、三日目あたりから慣れてじゃれ合うようになった。仲がいいと言っても、やはり猫の世界でも先任者が権利があると見えて、一つ皿に猫メシを盛ってやると、レオが食べ終るまでカロはじっと待っている。レオがすんでから、カロが食事にとりかかるのである。関取りがチャンコ鍋を食べ、ふんどしかつぎがそのお余りを食うようなものだ。そういう非民主的なことはいけないと思ったから、も一つ皿を追加して、両者が同時に食べられるような仕組みにした。近頃観察していると、それでもどちらの皿をえらぶかという権利を、レオは確保しているらしい。猫なんて案外封建的な動物だ。

その先任のレオは実に敏感な猫で、ちょっとした音にも耳をびくりと動かすが、カロの方はおっとりしている。おっとりというより鈍感なのである。ある日私が書斎で電気掃除機を使用していたら、レオが入って来たので、ついでにレオの毛皮も掃除してやろうと筒先を近づけたら、レオは、

「ぎゃっ！」

とこの世のものならぬ悲鳴を上げて、垂直の壁をがりがりとかけ登り、鴨居をつたって次の部屋に遁走してしまった。吸いつかれるような感覚に仰天してしまったものらしい。その吸いつかれる感覚と掃除機の音が、レオの脳裏でぴたりと結びついたらしく、私が電気カミソリを使っていると、レオは絶対近づいて来ない。あのジジジという音が、すっかりにが手になったのである。ところがカロの方は平気だ。掃除機を近づけても、泰然自若としてそっぽを向いている。

「どうもカロはへんだよ」

うちの子供が報告に来た。

「レオと呼ぶと、レオはニャアと返事するけれども、カロは黙っているよ。あれは耳

が聞こえないのじゃないかしら」

そう言えばどうもおかしい節があるというわけで、実験して見ることにした。両猫の腹の減ったところを見はからって、台所で猫皿をカチャカチャと鳴らす。レオは欣《きん》喜《き》雀躍《じゃくやく》して飛んで行くが、カロは知らぬふりをしている。もちろんレオが飛んで行くのを眼で見たら、自分もくっついて飛んで行くが、そうでない場合は動こうとしない。抱いてつれて行き、皿の猫メシを見せると、ぱっと眼をかがやかせて皿に飛びつく。間違いもなく耳に故障のあることが判った。

「しようがねえなあ。山名君が持って来るのは、いつでも故障品ばかりだよ」

そのカロが鈍感なくせにいたずらが大好きで、この間私のエビオスの瓶をころころ転がして遊んでいると、何かのはずみで蓋が取れたらしい。ざらざらと畳に散乱した錠剤を、カロは一粒一粒、おそらく百粒やそこらは食べたんじゃないかと思う。私が書斎から出て来て、あわてて拾い集めて瓶に入れたら、量がごそりと減っていた。畳に落ちたものだから、もう人間が食うわけには行かない。

「ああ、もったいない。猫にエビオスを！」

と思ったけれども、他に使い方もないので、台所に下げ渡して、その度に猫メシに入れてやる。レオはエビオスがきらいで食い残す。カロがその分も食べてしまう。エビオスが好きな猫なんてそうざらにはいないだろうと思うが、そのせいかカロは少しずつ肉付きがよくなり、ぶくぶくと肥って、あぶらぎって来た模様である。つまり可愛げがなくなって、憎たらしい趣きを呈して来た。

寒い間は二匹とも食っては寝、食っては寝という生活をしていたが、だんだん気候がゆるんで来ると、外廻りをし始めた。それならばいいけれども、何やかやをくわえて家に戻って来る。ことにカロにその傾向がはなはだしい。山名君の話によると、カロは高貴の出という話だったが、高貴の出にしてはろくでもないものばかりをくわえて来る。いつだったか長さが四寸か五寸ぐらいの、毛の生えたぐにゃぐにゃしたものをくわえて戻って来て、家中大騒ぎになり、箒やマゴノテで追っかけ廻した揚句、ついに口から離させたが、しらべて見るとそれは犬か猫の脚で、しかもすでに腐臭を放っていた。どこにそんなものが落ちていたのか、ふしぎでしようがない。それを取り捨てる役目は、いつも私に廻って来るので、私もついにたまりかねて山名君に電話をかけた。山名君が受話器に出た。

「そうですか。耳が聞えませんか。さては冷えたのかな」

「冷えたって、どこで冷やしたんだね？」

「いえね、猫という動物は純粋種になればなるほど、諸器官がデリケートになって、ちょっとした刺戟で故障をおこすんですよ」

「いくらデリケートだって、へんなものをくわえて来るから困るんだよ」

「それは猫というやつは、好奇心の強い動物ですからねえ。めずらしいものをくわえるのは、知的にもすぐれている証拠です。でも、そんなにイヤなら、外廻りが出来ないように、家に閉じこめて置けばいいじゃないですか」

「そういうわけには行かないよ」

「それなら、いっそのこと、去勢したらどうですか。もったいないけれども、去勢したら性質が温良になって、好奇心も減少するかも知れない」

そんな電話のやりとりがあって、私が別に頼みもしないのに、その日の午後山田獣医が私の家にやって来た。れいの如く白い上っ張りを着用、自転車のうしろには柳行李スタイルの猫入れ箱がくくりつけてある。

「この間の犬の件では御愁傷さまでした」

獣医はぺこりと頭を下げた。

「山名さんから頼まれて来たんですがね、お宅では猫を二匹去勢なさりたいそうで
――」

「え？　二匹？　山名君は二匹と言っていましたか？」

「ええ。だから二匹入れの猫箱を持って来ましたよ」

仕方がないから子供に頼んで、レオとカロを取寄せて獣医に渡した。腕前があやぶまれるけれども、はるばるやって来たんだから、むげに断るわけにも行かない。山田獣医は二匹を積み込んで、よたよたと自転車で立ち去った。小学三年の子供が、キョセイって何だいと聞くから、私はふくれっ面のまま、山名君に聞けと答えた。

猫が戻って来たのは夕方である。猫箱から出て来たのを見ると、二匹ともしょんぼりして、歩き方もよたよたしている。大切なものを抜かれたのだから、しょんぼりするのも当然だろう。見ると尻のあたりが血だらけになっている。

「おや。また手術をやりそこなったんじゃないでしょうね」

「またとは何です」

山田獣医は憤然と言い返した。

「わたしゃ手術のやりそこないなんて、一度もやったことはないですよ」

ちり紙に包んだものを、にゅっと突き出した。

「すこしゃ血も出ます。でも、すぐにとまりますよ」

「でも、血が――」

「これが証拠です！」

おそるおそるひろげて見ると、血まみれの小肉片や神経らしきものが入っているので、あわてて包み直した。手術料はいかほどですかと聞いたら、二四分で四千円だとのことで、私は奥に引返し、泣きたいような思いで四千円を支払った。健康保険の恩恵は、飼猫までには及ばないそうである。山名君が何か持って来ると、たとえそれがタダであっても、後でいつも私は金銭的損害を受ける羽目になる。いつもしてやられているのだ。もしかすると私はウスバカじゃないだろうかと反省する。

その晩山名君はやって来た。にこにこしている。

「手術、どうでした？」

「どうもこうもないよ。血だらけだ」

次の部屋からレオとカロがよたよたとあらわれて、妙な啼き方をしながら、山名君に身体をすりつけるようにした。彼はカロだけを抱き上げて、レオをじゃけんに押しやった。ところがレオは押しやられても押しやられても、山名君にまつわりつこうとする。ついに山名君はレオの頭をひっぱたいた。

「秘密はこれですよ」

山名君はポケットから紙包みを出して、見せびらかした。

「薬屋からマタタビを買って来たんです。カロも手術後だから、弱っているだろうと思って――」

「レオだって弱っているよ！」

私はその紙包みをひったくり、戸棚の中にしまった。

「君が帰ったあと、公平に二匹に分けてやるよ。カロだけにマタタビをなめさせようなんて、そんな差別待遇は許さない」

「いえ。もちろん、差別待遇などとは――」

山名君は少しへどもどして、視線を膝のカロに移した。

「おや。ずいぶん肥りましたねえ。顔なんかまんまるになってるよ」

「それはエサがいいからだ」

エビオスを食わせていることは、忌々《いまいま》しいから教えてやらない。

「エサがいいだけじゃない。カロというやつは実に大食いだよ。エサ代がかかって仕様がない」

「へえ。そんなに食いますか」

「食うとも。平均してレオの三倍は食べる」

私はレオを指差した。

「見なさい。レオはスマートだが、カロはぶくぶくして、まるで図々しい年増女みたいだろう。君の話では高貴の出だとのことだったが、あんまり品がよくないじゃないか」

「高貴の出だって、肥る時は肥りますよ！」

いくらか腹に据えかねたらしく、山名君は声を荒らげた。

「食うや食わずでひょろひょろしているより、うんと食べて肥っている方が堂々としていいです」

「じゃカロはうちに来た時は、食うや食わずだったのか」

「いえ。そ、そうじゃありません」

山名君はあわてて手を振った。大あわてするところがどうも怪しい。

「あの頃はまだカロは子供だったですからねえ。近頃やっと思春期になって、それで肥り出したんですよ。うん。それに違いない」

山名君は自分の推理に感嘆するごとく、合点合点をした。

「それに、痩せていてトクをすることは、めったにありませんよ。私は軍隊の時、南方のさる島に派遣されることになったんです。ところがその島には食人種《しょくじんしゅ》がウヨウヨいるという話で――」

「ほう。それは面白い」

すぐごまかされてしまうのが私の欠点である。

「それで？」

「皆戦々兢々としましてね、ちょっと部隊から離れると、たちまちとっつかまって食べられると言うんです。ところが僕と同じ班に加藤という男がいましてね、これだけはそんな噂を聞いても平然としている」

「よほど胆っ玉がすわっている男だね」

「と思うでしょう。それがそうじゃないんです」

彼は平然と私のタバコを抜き取り、ライターを取り出した。

「加藤って男は、痩せているんです。それも尋常の痩せ方じゃない。骨皮筋右衛門とでも呼ぶべき痩せ方で、肉が全然、全然は言い過ぎかな、ところどころにうっすらとしかついていないのです。それで加藤は豪語していましたね。食人種がオレをつかまえたって、食うところがないから、すぐに放免して呉れる。こんな痩せ男にうまれて、ありがたやありがたや――」

「いい加減にしなさいよ。あの頃ありがたや節なんかがあるか」

「ええ、まあそんな具合で、ああ堂々の輸送船に乗って内地を出発しました。途中幸い魚雷もくらわず、その島に到着、そこの先住の駐屯部隊の兵隊に聞いて見たら、痩せたのがまっさきに殺されるんだと言う」

「食人種にか？」

「そうです」

　彼はうまそうに煙の輪をふいた。

「たとえば、五人つかまるとする。するとその五人を裸にして、木にしばりつけるですな。それかられいの踊り、太鼓にあわせてジャンジャカ踊った揚句、五人の中の一番痩せたのを熱湯の中にほうり込む」

「いきなり食うんじゃないのか？」

「近頃ではね、食人種の食生活も進歩して、文明人並みになって、まずスープを飲むんです。痩せた男はそのスープのダシになるわけです」

「ガラだね。ほんとかい、それは？」

「ほんとですよ。充分にダシが出たら、あとはその熱湯に塩コショウして——」

「まるで見て来たようなことを言うね」

「見たわけじゃないけど、先住の兵隊が説明して呉れたんですよ。スープが終ると、今度はあとの四人が次々に料理されて、食べられるという仕組みです。その話を聞いて、加藤のやつがまっさおになりましてね。おれはスープのダシはいやだ、いやだと、泣きわめいたですな。だからわれわれはなぐさめてやりました。真先に死ぬのはつらいだろうけれど、他の四人は食われちゃうんだぞ。お前はスープのダシになるが、まさか食人種でもダシガラまでは食わないだろうから、形だけは残る。それだけでも満足すべきじゃないだろうか」

「どうもウソのにおいがする」

「というわけで、痩せてトクすることは何もない。スマートだ何だと言っても、肥っている方がよっぽどよろしいです」

彼はいとおしげにカロの頭をなでさすった。

「今日もさぞかし痛かっただろう。よしよし」

「痛いのは僕のふところだ。二匹で四千円も取られたんだぞ」

「四千円？」

彼は眼をぱちぱちさせた。

「そりゃずいぶんあいつ儲けやがったなあ」

「紹介料として君の方に、リベートが行くんじゃないだろうね」

「冗談じゃないですよ。いくら何でも獣医の上前をはねるなんて——」

「それにあの獣医はヤブじゃないのかね。この間の犬も、入院させたのに死なしてしまったし、今度の手術だって——」

私はカロの尻を指差した。

「見なさい。血だらけになって、彼はすぐにとまると言ってたけれど、まだ出血しているよ」

「あれえっ！」

山名君は大あわてして、カロを膝からおろした。現金なものである。彼は立ち上り、急いで台所にかけて行き、雑巾《ぞうきん》でズボンをこすり廻した。カロの血がズボンにしたたって、点々としみをつくっていたのである。雑巾を洗うジャブジャブ音を聞きながら、私は笑いがこみ上げて来て、声に出すと悪いから、背を曲げてくっくっとむせていた。

やがて山名君は戻って来た。

「ひでえなあ。血が出てるなら出てると、ひとこと注意して呉れりゃいいじゃないですか。血なんてものは、なかなか色が抜けないんですよ」

「注意しようと思ったんだがね、その前に君がマタタビのにおいをぷんぷんさせるもんだから、カロが乗っちまったんだよ。悪いのは僕じゃない。マタタビだ」

「膝に乗ってからでも注意すればよかったのに——」

「君がぺらぺらしゃべるだろう。ついその話の面白さに聞きほれて、口を出すチャンスがなかったんだよ。済んだことは、もうあきらめなさい」

私は立ち上って戸棚の上から、れいの紙包みを取って戻って来た。

「これ、獣医が持って来たんだけどね」

「何です、それは？」

「そら、手術して摘出したやつさ」

そっと紙包みをひろげて、彼に見せてやった。たちまち山名君は眼をかがやかして、興味をもよおしたらしい様子である。

「うん。これがあれで、この細長いのが輸精管か」

「これ、うちに置いといても仕様がないから、欲しけりゃ君に上げるよ」

「それは是非とも」

というわけで、山名君は紙包みをしっかりと内ポケットにしまった。猫たちは自分らの道具（?）がやりとりされているのも知らぬげに、きょとんとしている。

結局猫たちの出血がすっかりおさまるまでに、三、四日はかかった。おさまったあと、少しはおとなしくなって外廻りをやめるようになったかと言うと、そうでない。結構障子は破くし、襖には爪を立てるし、外廻りしては何やかやをくわえて戻って来る。どこを廻って来るのか知らないが、近頃は一廻りして来ると、まるで炭俵をくぐり抜けたみたいに、真黒になって戻って来る。白猫もいいけれども、よごれやすいのが欠点である。

久しぶりに山名君がやって来て、ウスバカ談義をしたあと、

「あれは食べたのかね？」

と私が聞いたのはあの紙包みの内容のことで、山名君はそれに対して、にが笑いをしただけで答えなかった。それで私が追い討ちをかけるように、

「漢方薬屋に売り払ったのか？」

と訊ねたら、言下に、

「いくらなんでも、そんながめついことはしませんよ」

と打消したところを見ると、彼はやはりあれを食ったらしい。しかしどういう料理の仕方をして食べたのか、白状しないから判らない。おそらくヤキトリ式にして食べたのだろうと思う。

（「小説新潮」一九六一年五月号）

猫男

雨戸をたたく音で、眼がさめた。浅くまどろんでいたせいで、いきなり皮膚をたたかれたような気がした。天窓が薄明りをたたえている具合からして、夜明けに間もないらしい。あおむけに寝たまま聴き耳をたてていると、また雨戸をたたく音がして、それと一緒になにか呼ぶ声がした。私の名を呼んだらしかった。

こんな早くから誰だろうと思ったが、それでも放っておく訳にもゆかないので、渋々起きあがって廊下にでた。強盗かも知れないとちょっと考えたから、廊下にでるついでに、部屋のすみにある麦酒《ビール》瓶を右手ににぎった。夜明けの強盗とはあまり聞かないが、近頃のことだから、どんな定石外れがあるか判らない。と言っても、盗られて惜しいものがある訳じゃない。盗られて困るものがあるとすれば、それは私の生命だけだ。

音のしないようにそろそろ桟を外し、雨戸を三寸ばかりあけてのぞいたら、妙な男がすぐそこに立っていた。まだ暗さがそこらにためらっている具合なので、直ぐは判らなかったが、異様な服装をしている。ちょっと見た感じでは、銅版画にでてくる苦行僧に似ていた。雨戸のすきまからのぞく私の顔にむかって、それが丁寧にお辞儀をした。そのお辞儀のやり方で、丹吉だということがすぐに判った。

「わたしです。丹吉です。へえ」

感じがへんだと思ったら、身にまとうものは下着だけである。ズボンも穿いていない。なまじろい、むきだしの脚に、大きな兵隊靴をはいている。それも泥まみれだ。それから私が提げた麦酒瓶をみて、あわてたように掌をふった。

「どうぞ。どうぞ、おかまいなく。昨晩たんと飲んだんで、もういけません」

いい気なことを言っていると思いながら、私はすこし乱暴に雨戸をあけてやった。

「どうしたんだね。その恰好は」

「ええ。ええ。今、そのちょっと何したものですから」

寒いのか、鳥肌たった双の腕を、よじり合せるようにしながら、上目づかいで私の方をみた。丹吉の素肌をみるのは、これが始めてだが、新しい消ゴムみたいになま白くて、へんにぶよぶよした感じであった。その中に骨のあることを全然かんじさせないような恰好で、軟体動物という言葉を私はすぐ聯想した。

「まあ、上れよ」

すこし経って私がそう言った。丹吉はちょっとためらうような形をみせたが、それでも泥靴をすぽっと脱いで、のこのこと縁側に上ってきた。見ると靴下もはいていない。泥の滲んだ足のうらを、雑巾にやけにこすりつけた。

火鉢のまえにすわって、いろいろ問いただしてみると、言うことがあいまいで、どうもはっきりしない。何だか急に元気がなくなった風である。泥酔して駅のベンチに寝ていたら、眼がさめてこんな恰好になっていたという。もちろん金入れもなくなっていたから、その駅から一番ちかい私のところに歩いてきたというのだが、ぽつりぽつりしゃべりながら、丹吉はしきりに肩をすくめたり、腕をよじったりした。寒いのだろうと思ったが、また恥かしがっているような調子でもあった。

「で、電車賃と、できたら洋服一着かして呉れませんか」

「そりゃ貸してもいいけれども、トミエさんが心配してるだろう」

「ええ。おかみさんは慣れっこです。しょっちゅうのことだから」

そう言って、始めてぶわぶわと笑った。丹吉の顔のかたちは、小さなフライパンに似ている。肉づきのいい方だが、全体としては小柄だ。身の丈も五尺そこそこだろう。瞼がぼったりとふくらんでいて、その下で小さな眼球が、絶えず小刻みに動く。さだまった箇所に視線を固定させることがないようだ。話するときも、ちらっちらっと見るだけで、決して真正面からこちらを眺めたりしない。その小さな真黒い眼球のうごきには、なにか残忍なものを感じさせるときがある。この男の素姓を、私は深くは知らない。奥さんのトミエさんとは、かなり前からの知合いだけれども。

で、仕方がないから、押入れを探して、古洋服を一着出してやった。丹吉はほっとしたように、立ち上っていそいで服を着けたが、すこし大きすぎた。袖口に掌が入ってしまうし、上衣の裾がずいぶん下までくる。ハイド氏のような恰好になった。

「いささか大きすぎますな、これは」

そう言いながらも、袖をまくり上げたり、ズボンをたくし上げたりした。そしてどうにか収まりがつくと、すこし元気がでてきたようである。安心したような顔になって、また火鉢の前にすわりこんだ。

やがて夜も明けてきたようだから、朝飯をつくろうというので、電熱器に飯盒《はんごう》をかけた。丹吉は煙草も盗られてしまったといって、私の煙草を何本も吸った。半分ほど吸うと、灰につきさしたりして、じつに贅沢な吸いかたをする。それからいろいろ、とりとめもない話をした。トミエさんとの間に、子供はまだできないのか、というようなことも私は聞いた。

「ええ。まだですよ。ひとり欲しいとは思っているんですが」

「仲良くはしているんだろう？」

「ええ。それがね」丹吉の言いかたはへんに曖昧になった。「ちかごろ、猫などを飼ったりしましてねえ」

「ほう。猫をね」

「猫って、何なんでしょう」嘆息するような声でそう言った。「猫という動物は、南方からきたもんでしょう。日本にきて、もう何千年になるか知らないけれども、まだ気候に慣れないんですね。ひとの寝床に入りたがってばかりいて」

「毛皮着ているくせに」

「猫が暑がるのは、一年のうち三日しかないというじゃありませんか」

ぼったりした瞼の下で、丹吉はにらむような眼付をした。

飯が焚き上ったので、膳をだして食事をすました。丹吉はあまり食べなかった。御飯を三四粒箸にのせて、口にはこぶような食い方をする。なにかぼんやり考えているようにも見えるが、瞳はしょっちゅうちらちらと動いている。そして丹吉は丁寧に頭をさげた。

「どうも相済みませんでした。御馳走さまでした。おいとまいたします」

何か本を貸してくれというので、本棚から飜訳小説などを出してやった。縁側に出て靴をとりあげた。縁側にたって、靴をはく丹吉の後姿を見おろしていると、服が大きいので、抜衣紋《ぬきえもん》みたいになっていて、襟筋に長いうぶ毛がぼやぼや密生しているのが、眼についた。それは粉をふいたように、背中のずっと奥までつづいているらしかった。なんとなく寒気だつような気持になって、視線を庭の方にそらしていると、うつむいて靴の紐をむすんでいた丹吉が声を出した。

「服の方は明日でもお返しにあがります」

「いいよ。そのうちでいいよ。靴下を君は穿かない習慣かね?」

「いいえ。昨夜まで穿いていたんです」

「だって靴ははいているじゃないか。盗られた訳はないだろう」

「ええ。ええ。ほんとに妙な泥棒です」

背をかがめているせいか、丹吉の声はほんとに苦しそうに聞えた。そしてひょいと背を伸ばして立ちあがった。

「すみませんが、煙草をもう一本」頬がすこしあかくなって、うす笑いをしているようである。「この次、煙草の葉をもって参りますよ。うちの庭のすみに、近頃煙草が生えてきましてね」

「種子でも植えたの？」

「いいえ。吸殻からです」

私があきれて黙っていると、丹吉は弁解するようにつけ足した。

「ええ。なにね、近頃の煙草は粗悪でしょう。だからなまの芽がのこっていたんですよ」

「ずいぶん大きくなったのかい」

「もう二尺ほどになりました」

じゃその中に持ってきてくれ、と私が言い、丹吉はお辞儀をして、朝の光のなかを煙草をふかしながら帰って行った。大きな靴をはいているくせに、足音を立てないような歩き方だ。ぶかぶかの上衣の裾が、風にゆれながら、門の外に消えるのを見とどけて、私は部屋にもどってきた。なんだかひどく眠く、だるい気がした。膳の上の、丹吉のつかった食器は、きれいに乾いていて、箸も乾いたまきちんと置かれてあった。それを見ると、妙に不快な感じがした。丹吉の歳は、いくつか知らない。おそらく二十七八だろう。ときどき何とはなくやってくる。万年筆のいい出物があるから買わないかと言ってきたり、秘密刊行の書物を安くゆずりたいなどと言ったりする。本気で言っているのかどうか、判らない。本職はどこかの撮影所につとめているというのだが、そこでどんな仕事をしているのか知らない。

あのうぶ毛の密生した、なま白い肉体に、私の服がくっついていることを考えると、背中が痒《かゆ》くなるような感じがした。

翌日もってくるという話だったが、姿をみせないで、一週間ほどもすぎた。あの古服が急に要るわけでもないのだが、すこし気になったから、丹吉のうちの近くに用事があったついでに、ちょっと寄ってみた。

丹吉の家はマッチ箱みたいな四角な家で、せまい庭が申し訳のようについている。

昼頃だったから、丹吉は留守で、その庭でトミエさんが洗濯をしていた。私の顔をみて、おどろいたような表情になって立ちあがった。石鹸にぬれた掌が、つやつやと美しかった。

「留守ですのよ。御用事？」

「いや。ちょっと通りかかったもんで」

あの夜のことを丹吉がどう話しているか判らないから、私はすこし用心した。それから縁側に腰をかけて、しばらく話をした。トミエさんは以前ホールではたらいていたことがあって、そこで私も知り合ったのだが、丹吉と一緒になるについても、二三度相談をもちかけられたことがある。（へんな感じのひとだけれど、あたしと是非いっしょになりたいというのよ。どうしたらいいかしら）こんなことを私に言っているうちに、とうとう決心したと見えて、結婚してしまった。トミエさんはもともと思い切りがいい。単純な顔立ちであったけれども、今日見るトミエさんの顔は、なにかふしぎな翳《かげ》を帯びているようである。この一年間苦労したせいかも知れないと考えたから、そう聞いてみた。

「べつに苦労というほどでもないけれど、あの人はへんなのよ、すこし」

「しょっちゅう酒のむらしいね」

「ええ。酒も飲むわ」

トミエさんは空をみて、まばゆいような眼付をした。私は煙草をふかしながら、洗濯盥《だらい》のむこうに生えている植物をながめていた。それは三尺ほどの高さの、葉のひろい植物であった。あれが煙草の葉であるものか、などと考えながら、じっと眼をそこにおとしていた。葉の形からいえば、それは確かに蓖麻《ひま》であった。私の視線に気づいたらしく、トミエさんはぽつんと言った。

「あんなものに肥料をやったりして、せっせと丹精しているんですよ。どういうつもりでしょう」

「へんだというのは、そんなこと？」

「台所に鼠がでるからと言って、近所の岩崎さんから猫の仔をもらってきたんですよ。そしてその猫を、ひどくいじめるの。まるで楽しみにしてる位」

「嫉妬しているんじゃないかしら」

ふと頭にうかんだままを、私は口にすべらせた。トミエさんはぎょっとしたように私を見て、そして眼を伏せた。

「――ええ。ひどく嫉妬ぶかいところもあるのよ。あの人は」

声が急にしずんだように響いたので、私はあわてて言葉をついだ。

「でも、嫉妬は愛情の変形ですよ」

「そのくせあたしに、男をつくれと責めるんです」

「男をつくれ？」

「ええ。男をつくれって」

顔をあげたトミエさんの額が、すこし薄赤くなっていた。私はその時、なぜかうぶ毛の沢山生えた丹吉の背筋を、ありありと思いうかべた。痛痒《いたがゆ》いような感じが、私の背中にもはしった。

「撮影所には毎日かよってる？」

「ええ、そうでしょう。毎日出てゆくから」

「丹吉君は、カメラマンだったかしら」

「いいえ。俳優だというの」とトミエさんは物憂げな口調でこたえた。「ねえ。丹吉とわかれて、またホールにもどろうかしら」

「なぜ？」

「だってあの人、すこし変なんですもの。いっしょに暮していても、いらいらするだけで、すこしも楽しくないのよ」

廂《ひさし》のトタン板をばりばり踏んでゆく跫音《あしおと》がした。そして樋《とい》のところから、茶色の猫がまっさかさまに飛び降りた。私たちの方を見むきもしないで、庭をのろのろと横切り、篦麻の葉のしたにかくれた。

丹吉といっしょになるとき、トミエさんが私に相談したその口調を、私は今想いだしていた。あの時も、私ははかばかしく相談にはのらなかったが、今も何とも言えなかった。トミエさんの顔をちらと眺めただけで、私はだまっていた。トミエさんの顔は、ひどく疲れたような表情をうかべて、いっぺんに五つ六つも歳とったような感じがした。それは何故か、かすかにいやらしい感じを私にあたえた。

洋服のことはとうとう言わずじまいで、私は戻ってきた。おっかけるように丹吉からのハガキが来た。線の細い字体で、ハガキいっぱいに書かれていた。上衣をまだ返さない詫びと、暇があったら撮影所にあそびにきて呉れという文面であった。机の上にそれを置いてながめると、字のひとつひとつにも柔毛《にこげ》が生えているようで、すこし変な感じがしてきたから、私はそれを文箱の一番下にしまった。

それから暫《しばら》く丹吉夫妻のことは忘れていた。そのうちに私は急に金が要ることがあって、いろいろ考えていると、その古服のことを想いだした。あれは兄貴からもらった服で、いい生地だったから、すこし古びているけれども、かなり良い値になるにちがいなかった。そう思いつくと、私は突然丹吉に腹がたってきた。あれから二箇月にもなるのに、戻しにきもしない。どうせ体に合わないのだから、あまり使用していないにきまっている。そう思って、手紙をかきかけたが、撮影所に行く方が早いと考えて、私はでかけた。

　撮影所などというものは、どんな処にあるのかと思ったら、畠のまんなかに建っていた。変てつもない薄ぎたない建物で、すすけたような衣服の男や女が、うろうろしていた。門番に通じて、しばらく待っていたら、丹吉がでてきた。私を見ると立ちどまって、丁寧にお辞儀をした。

「暫くです。ごぶさたしております。ええ」

　見ると、ズボンはちがっているが、上は私の上衣を着ている。袖口は内側に折って縫いつけてあるらしく、丁度合っているが、裾はそのままなので、まるで法被《はっぴ》の形である。ぶわぶわ笑いながら近づくと、袖口をさしだして自慢するような口調で言った。

「うまく縫いこんでありますでしょう。私が針をもってやったんです」

縫いこむのもいいけれど、早く戻して呉れないと困る、と私が言いかけたら、判っております、判っております、なにはともあれ、と言いながら、私を構内へみちびき入れた。仕方がないから丹吉の後について、丹吉の説明を聞きながら、セットなどを見て廻った。此の前とちがって、丹吉はおそろしくべらべらしゃべった。そして建物の間をいくつも通りぬけて、だだっぴろい食堂のようなところへ、私を連れて行った。一番すみっこに腰をおろして、珈琲《コーヒー》とパンを食べた。パンを食べながら、丹吉はすこしくたびれた表情になっていた。しゃべりくたびれたんだろう。丹吉の円い肩に服がしっとりかぶさっていて、これが私の服かと思うと、すこし厭な気分がした。ぶよぶよした肩の厚さが、服の生地の上からも、まざまざと感じられた。ここでもぽつりぽつりと話を交した。丹吉は食べているパンを、ふと珍しそうに眺めたりしながら、近頃米の配給が少くなったことを、こぼしたりした。

「昨晩も今朝もスイトン。昼の弁当がパンでしょう。ところがね、先刻あなたがいらっしゃったというんで、門まで急ぐとき、くしゃみが出ましてね。そのとたんに鼻の穴から、御飯粒がひとつ飛び出してきましたよ。どういうんでしょうね、これは」

「どういうんだろうね。スイトンでは、力が出ないだろう」

「粉もそろそろなくなってくるし、今晩から南瓜ですよ。近所に大坪さんという南瓜作りの名人がいましてね、この人から安く買ってくるんです」

話がだんだん貧乏くさくなってくるので、洋服を返せなどとは言い出せなくなってしまった。物憂く相槌をうつ私の顔を、丹吉はぼってりした瞼の下から、いつものようにちらちらとぬすみ見た。それから食堂に入ってくる俳優を、指さして名前を教えながら、次々それらの噂話を聞かせて呉れた。

「あの女優は、とても淫乱で、今年始めから男を三人もかえたそうですよ」

それは私も名を知っている女優であった。それから、どの男優は女がいないと一日も眠れないとか、どの女優は化粧をおとすと眼に隈が黒く出ているとか、下着がいつも汚れているとか、そんな話ばかりをしゃべり出した。そうすると急に元気づいたらしく、食堂のなかを見廻す丹吉の表情は、まるで獲物をねらう動物のような、ふしぎないらだたしさが満ちてきて、ふと人間が変ったような気がした。耳たぶのうしろの部分がうすぐろく汚れていて、そこだけざらざらと毛ばだっているようであった。丹吉が首を廻すたびに、そこが変に眼についた。

食堂を出て、鉄屑がちらばった雑草道を、門の方に戻りながら、私が聞いた。

「トミエさんは元気かね」

「ええ。おかみさんは元気ですよ。ときどきあなたの噂などしますよ」

「この間逢ったときは、なんだか元気がないようだったが」

「え。いつ逢ったんです？」丹吉はなにかまごついたような表情をして、ちらりと私の顔を見た。「そうだったかな。聞いていて、わたしが忘れたのかな」

「洋服を戻してもらいに行ったんだよ」

「ええ。ええ」と急に元気づいたような声になった。「あなたはダンスはあまりお上手じゃないそうですね。おかみさんが、そんなことを言っていましたよ」

「そう。うまい方じゃないな」

「右足を出すのか左足を出すのか、踊る最中に立ちどまって、かんがえるそうじゃありませんか。そんなこと、嘘ですか」

門まで来たから、丹吉は立ちどまって、何か口の中で言いながら、れいのやり方で深々とお辞儀をした。そして急に素気ない顔になって、跫音をたてないような歩き方で、砂利道をもどって行った。

門を出て駅にあるきながら、自分がひどく疲れているのに私は気がついた。頭の入口まできて、直ぐ思い出せそうなことが、つい思い出せない時のような、いらいらした感覚が私にのこっていた。丹吉はダンスはうまいだろうな、とそんなことをぼんやり考えながら、夕陽の道をあるいた。私の長い影が、畠のなかを踊るように動いた。それを横目で見ながら、どうもあの洋服は取り返せそうにもないな、とも思った。うまくだまされたような気もした。

所用の金は、それから二三日奔走して調達した。雨が降ったり風が吹いたり、憂鬱な天候が、しばらくつづいた。丹吉やトミエさんや洋服のことも、時々思い出した。丹吉のことは、あの日食堂のなかで、他の俳優の悪口をしゃべっている印象が、まず記憶によみがえるらしかった。それは妙になまなましく、私の胸にのこっていた。耳たぶのうしろのよごれた色合いを思い出すとき、丹吉の黒い小さな眼球の動きが、なにか影をふくんだ記憶として、私にもどって来た。いっしょに暮しているといらいらする、と言ったトミエさんの言葉を、私はぼんやり思ったりした。そしてあの洋服一着が、丹吉と私を架けわたす橋になっていることを思うと、その古服の色調や仕立や生地の手ざわりを、私はなにか遠いような感じで想い出した。そしてふしぎなことには、その感じは、この前トミエさんに逢ったときの、へんに老けた顔の印象に、いきなり結びついていた。丹吉が着ている古服を思い出す前に、私はトミエさんの顔や体のことをかんがえていたのかも知れなかった。——一年ほど前、私は毎日ホールに通って、トミエさんとおどっていた。その時の気持は、とつぜん断ち切れたように、私の記憶の中に死んでいたのだが。

それから半月ほども経ったある大風の日、私は映画館を出て、ぼんやり夕方の街をあるいていた。ひろい道は塵や埃をはらわれて、舐めたようにしらじらと光っていた。その上を風がつぎつぎ走って行った。そして曲角からでてきた丹吉と、私はそこでひょっこり出逢った。丹吉は私の姿に気づかぬらしく、何時もの柔かく足を踏む歩調で、鋪道をあるいていた。あの私の上衣を着ているのだが、風をはらんで背中がふくれあがり、まるで戦国武士の母衣《ほろ》のようであった。そのたびに丹吉は、かろやかによろめく形であった。

私が声をかけたら、びっくりしたように振りむいた。そしてあわててお辞儀をした。

「どうしたんだね。ひどく暗い顔をしてあるいているが」

「どうもしませんよ」

丹吉は私を見てから、風をはらむ上衣をしきりに気にするふうであった。左手にもった風呂敷づつみで、しきりに裾をおさえつけた。そしてちらりちらりと私を見ながら、

「洋服も、そして御本もまだお返しにあがりませんで」

風を正面にうけるためか、丹吉は頬にりきんだような笑いを浮べていた。そしてこの近くに、行きつけの飲屋があるというので、しきりに私をさそいたがった。

「実はそこへゆく途中なんで」

「しかし、いいのかい。そんな金があったら、大坪さんから南瓜を買った方が、よくはないの」

「いいんです。ええ。いいんです。すこしお金が入ったんですから、お詫びのしるしに」

そして裏道にある小さな店へ、私を連れて行った。私も酒はきらいではないのだから、のこのこついて行った。傾いたような安普請の店で、花模様の壁紙が一面にすすけていた。変な女が三四人いて、ぼんやり腰かけていた。丹吉は店の中に一歩踏みこむと、急に元気がでたらしく、ひどく口数が多くなった。私たちは酒をのんだ。大風

の吹く巷から、いきなり風のない部屋にきたので、皮膚の外がわにじんじん慄える感じがのこっていた。しかしそれも酒が廻ってくると、酔いといっしょになって、身内にしずんできた。丹吉は風呂敷を解いて、二三冊の本を私に見せた。

「ひとから頼まれたんですけれど、買いませんか」

「このデスマスク集は面白そうだな」

写真版になったデスマスクが、頁にひとつずつ収まっていた。私はそれをぱらぱらめくりながら、

「くるしそうな顔で、死んでるのもいるな」

「あんたは大丈夫ですよ。ほんとに大丈夫ですよ。ほんとに。きっと安らかな死顔ですよ」

酔いが幾分廻ったと見えて、丹吉は妙に力をいれて、言葉をくりかえした。

「だってあなたは幸福人ですよ」

「いつか僕が貸した本も、こんな風に、売っちまうんじゃないのかい」

「うそですよ。うそですよ」ぶよぶよとふくれた掌をふった。「あれ、読みましたよ。あれはいやらしい小説でしたよ。一晩眠れませんでしたよ。なんて言いましたかねえ。

そら、あれさ、『猫いらず』」

「『水いらず』、だろう」

「そうです。そうです」と丹吉はあわてたようにうなずいた。「あれも近いうちにお返しにあがりますよ」

　丹吉が酔ったのを見るのは、今日がはじめてだが、身体がぐにゃぐにゃになっているくせに、眼はすこし大きくなって、赤い血管の走る白眼のなかを、小さな瞳が迅速に動いた。そして声がだんだん甲高くなって、いつもの丹吉の声とはまるで違ってきた。私も次第に酔ってきて、そこら中がちらちらするような気分になってきた。

「猫いらずだなんて、誰かを殺す気かい」

「冗談ですよ。いやだな。少し酔ってきましたね」

　そう言いながら、丹吉はがぶがぶ酒をのんだ。そして舌を鳴らした。私もつぎつぎ盃を乾しているうちに、窓の外には夜が蒼然と降りてきたらしい。ときどき門牌《もんぱい》にふきつける風の音がした。上衣にこだわっていた気持がどこかに融けてしまって、どうでもいいような気分になった。丹吉を前に据えて飲んでいるのだけれども、なんだか遥かにへだたって、別々に飲んでいるような気がした。

丹吉の顔はあかくなって、小さなホットケーキみたいに見えてきた。煙草がなくなったので、丹吉のシガレットケースから、一本抜いて火を点けた。酔った口の感覚にも、手巻煙草の紙くさい味がした。

「これは手製だね。お宅の庭に生えたやつとはちがうだろうね」

「いいえ。あれはまだですよ。その中に差上げますよ」

「要らないよ。あれ吸うと、下痢をするよ」

「いやだな。変てこなことを言ってるよ。冗談がすきな先生だよ」丹吉は妙に中性的な身のこなしで、私の方に手を伸ばした。「思い立ったことを、くじくようなことを言うよ」

うすく赤くなった手首が、上衣の袖口から出ていた。丹吉は甲高い声をたてて笑いだした。そしてちらっちらっと私をにらんだ。

「君は何にも信じていないんだろ？」

ふと頭にうかんだままを、私は舌にのせていた。うまく呂律《ろれつ》が廻らない。丹吉が何か答えたようだが、それもはっきりしなかった。丹吉はますます陽気になって、立ち上って店の中をあるき廻った。姿が見えなくなったと思ったら、どの隙間から入ったのか、いつのまにかスタンド台のむこうに首を出していた。

「今晩は、わたしがバーテンをやりますよ。昔、やったことあるんだよ、一年ばかり。ヤエコもヨシコもツヤコも、今日はお客様だよ」

女たちも笑ったりさわいだりしながら、丸椅子に乗った。丹吉は、へい、へい、と女たちの注文をとって、料理場に出たり入ったりして、サイダーを持ってきたり、ゆで卵を運んできたりした。女たちは笑いさざめきながら、それを食べた。

「旦那、なににいたしますか。おい。旦那」

そんなことを言いながら、私のところにも寄ってきた。暑いのか上衣を脱いでいて、はだけた襯衣《シャツ》のあたりから、軟かそうな胸の一部が見えた。電燈の光の反射では、そこにも長いうぶ毛がちりちりと密生しているらしかった。

「なかなか堂に入ったもんじゃないか」私は掌でだるい顎をささえながら舌たるく言った。「これで料理が出来りゃ、女房なんぞ要らないだろう」

「女房？　おかみさん？」丹吉も舌たるい調子でこたえた。「うちのおかみさんはだめですよ。交感神経がくるってら」

「別れっちまえよ」

「別れてやろうか」手を伸ばして女のゆで卵のかけらを、唇の間におしこみながら、

「そしてあたしはヨシコさんと結婚するよ」

「いやよ」と女がわらった。「ぞっとするわ。あんた、この前酔っぱらって、身体が利かないんだって白状したじゃないの」

「嘘ばかり言ってら」丹吉の眼球は急にちらちら動いた。それは光線の具合か、へんに残忍な感じのする乾いた眼付であった。そして酒を湯呑みについで、ぐっとあおった。

それからまた沢山飲んで、あやめもわからなくなってしまった。丹吉の甲高い声と、女たちの笑い声が耳のそばで渦まいて、気がついたら、看板まぎわになっていた。勘定になったら、丹吉はすこししか持っていないので、残りは私がはらった。女たちに送られて外に出ると、風は相変らず吹いていて、足を動かさなくとも、自然にすすむような気がした。

丹吉は郊外電車の終電に間に合いそうにもないとあわてながら、風のなかで、私にふかぶかとお辞儀をした。

「どうも御免ください。二三日うちにかならずお伺いします。へえ」

急に正気になったような声をだして、そう言ったと思うと、風の巷を、背をすこし曲げて、駅の方に一目散に走って行った。上衣が風にふくれあがって、まるで大きな猫が走ってゆくようだった。月の光がおちている白っぽい鋪装路を、稲妻のようにその後姿は駈けて行った。

翌朝は、あまりいい酒ではなかったと見えて、私は二日酔いで大いに難渋した。

それから十日も経つけれども、丹吉はまだやってこない。どうにかしてあの服を取りかえしたいと思うが、丹吉のあのぶよぶよした身体付きを思いだすと、なにかやり切れない気持におそわれるから、つい取りに行かないでいる。

（「文藝春秋」一九四八年八月号）

大王猫の病気

つい半年ほど前から、猫森に住む猫の大王の身体の調子が、どうも面白くありませんでした。

どこと言ってとり立てて悪いところはないのですが、なんとなく疲れやすく、食欲も減退し、脚をふんばってみても昔みたいな元気がどうしても出て来ないのです。これはつまり公平なところ、相当にながく生きてきたので、そろそろ老衰期にかかってきたのでしょう。自分では若いつもりでいても、身体の方で言うことを聞かないというわけです。

猫森の真ん中にある茸庭《きのこにわ》のあたりを、その朝も猫大王はいらいらと尻尾をふりながら、よたよたと行ったり来たりしていました。眼をらんらんと光らせてと言いたいところですが、もう今は瞳もどんより濁って総体に暗鬱な気配でした。

尻尾をふっているのは、大王が怒っている時の癖なのですが、もうその尻尾もあちこち毛がすり切れて、なめし色の地肌がところどころのぞいているのです。これは大王が若い頃から怒りっぽくて、あんまり尻尾をふり廻したせいでもあるのでした。

そこへ椎《しい》の木小路の方から、朝の光をかきわけてオベッカ猫と笑い猫とぼやき猫たちが、何か世間話をしながらチョコチョコやって参りました。そして大王の顔を見ると、いっせいに立ち止り、口をそろえて調子よくあいさつをしました。

「お早うございます。大王様」

大王はじろりと三匹を見て、頬をもぐもぐ動かしたのですが、それは別段声にはならないようでした。なんだか口をきくのも辛そうな、面白くなさそうな表情なのです。そこで三匹は顔を見合わせましたが、オベッカ猫はすばやくピョコンと大王の前に飛び出して言いました。

「大王様には今朝もごきげんうるわしく——」

オベッカ猫がそこまで言いかけた時、大王猫はむっとした顔でそれをさえぎりました。

「ヤブ猫を呼んできて呉れい。それも大至急にだぞ」

　ヤブ猫というのは猫森の三丁目一番地に開業している医者猫のことなのです。そこで再び三匹は顔を見合わせ、お互いに眼をパチパチさせ、今度は三匹いっしょに口を開きました。

「大王様。どこかお身体が――」

「調子わるい！」

　と大王猫は言いました。ゼンマイのゆるんだような、筋がもつれたような、それはそれはへんな響きの声でした。

「今朝の朝飯のとき、うっかり舌をかんだのだ」

　そして大王猫は大口をあけて、ぺろりと舌を出して見せました。三匹が首を伸ばしてのぞいて見ますと、タイシャ色の舌苔《したごけ》におおわれた細長い舌の尖端の部分に、歯型が三つ四つついていて、そこらに血がうっすらと滲《にじ》み出ていました。ちょっとその形が踏みつぶされた芋虫みたいに見えたものですから、笑い猫は思わずクスリと笑い声を立ててしまったのです。すると大王猫はぺろりと舌を引っこめて、こわい眼付で笑い猫をにらみつけました。そしていきなり怒鳴りつけようとしたらしいのですが、その前にオベッカ猫が早口でわめきました。

「こら。笑い猫にぼやき猫。大急ぎでヤブ猫のところに行ってこい。歩幅は四尺八寸、特別緊急速度だぞ！」

大王猫は先にわめかれてしまったものですから、とたんに気勢をそがれ、ぐにゃぐにゃとうずくまりながら、力なく言いました。

「早く行って呉れえ」

「早く行って呉れえ」

とオベッカ猫が猫撫で声で、そう口真似をしました。するとぼやき猫が不服そうに口をとがらせました。

「そりゃ僕は行ってもいいよ。行ってもいいが、一体君はどうするんだね」

「僕か。僕はここに居残って」とオベッカ猫は前脚でくるりと顔を拭きました。「大王様の看護にあたるんだよ」

「ずるいよ。いくらなんでもそりゃずるいよ。他人ばかりに働かせて、自分は楽《らく》しようなんて」

「そんなんじゃないよ。そんなんであるものか。じゃ君が看護にあたれ。看護課の第九章を知ってるか」

するとぼやき猫はすっかり黙りこんでしまいました。第九章どころか第一章も知らなかったからです。オベッカ猫はすっかり得意になり、胸をそらして大声で命令しました。

「行って来い。出発」

大王猫はしごく憂鬱そうな表情で、このやりとりをぼんやり眺めていましたが、つりこまれたように自分も口をもごもご動かしました。

「出――発」

笑い猫とぼやき猫は大王の前に整列し、ピタンと挙手の礼をして右を向き、それっ、というようなかけ声と同時に、すばらしい速さで椎の木小路の方にかけ出して行きました。木の間を縫う朝の光が、そのためにゆらゆらゆらっと揺れたほどです。

大王猫はぐふんとせきをして、身体を平たく伸ばしながら言いました。

「こら。オベッカ猫。しばらくわしの腰を揉《も》んで呉れえ」

「かしこまりました。大王様」

オベッカ猫が腰を揉んでいる間、笑い猫とぼやき猫は猛烈なスピードで、

「大王様のご病気だよう」

「大王様のご病気だよう」

呼吸のあい間にそうわめきながら、三丁目の方角に疾走していました。なにしろ歩幅が四尺八寸というのですから、人間にだってむつかしいのに、まして猫のことですから、後脚のキックに相当の力をこめねばならないのです。そこで一番地のヤブ猫の家の前まで来た時には、二匹ともすっかりへとへとになり、呼吸もふいごのようにはげしく、しばらくは声もろくに出ない有様でした。二匹とも一挙に目方が三百匁ぐらいは減ってしまったらしいのです。

「何か用か」

途方もなく大きな一本の孟宗竹《もうそうだけ》の、下から三節目のくりぬき窓から、鼻眼鏡をかけたヤブ猫が首を出して、威厳ありげに声をかけました。

笑い猫とぼやき猫は並んで立ち、両の前脚を上に上げて横に廻す深呼吸運動を、前後五回ばかり繰返しました。そしてこもごも口をひらきました。

「大王様がご病気です」

「大へん御重体です」

「うっかりして舌を嚙まれたのです」

「そこでおむかえに参りました」

「どうぞ早く来て下さい」

「お願いでございます」

ヤブ猫は二匹の猫の顔を鼻眼鏡ごしにかわるがわる眺めていましたが、やがてフンと言った表情で首をひっこめ、そして根元の扉のところから、ちょこちょこと出て参りました。もう小脇には竹の皮でつくった大きな診察鞄をかかえこんでいたのです。それを見るとぼやき猫は急に不安になってきて、少しおろおろ声になって訊ねました。

「大王様はどうでしょうか。おなおりになりますでしょうか」

「まさか、おなくなりになるようなことはありませんでしょうね」

と笑い猫が負けずに口をそえました。

「それは判らん」とヤブ猫は鼻眼鏡をずり上げて横柄に答えました。「諺にも Xerxes did die, so must we. というのがあるな」

ヤブ猫がとたんに学のあることを示したものですから、あまり学のない笑い猫とぼやき猫は、まったくシュンとなって顔を見合わせました。ヤブ猫はすました顔で、

「じゃあ出かけるかな」

と竹皮鞄をつき出しました。これは二匹の猫に持って行けということなのです。二匹はあわててそれを受取り、そして口をそろえて言いました。

「そいじゃ歩幅は三尺六寸ということにお願いいたします」

それはそうでしょう。重い鞄をかかえてそれで四尺八寸とは、これはもう猫業《ねこわざ》ではありません。

さて大王猫の方では、オベッカ猫に腰を揉ませ、四本の脚を揉ませ、次には裏返しになって背骨を指圧させ、つづいて、首筋をぐりぐりやらせていましたが、まだヤブ猫はやって参りません。オベッカ猫は揉みに揉ませられて、すこしはじりじりして来たらしく、もうやけくそな勢いで大王猫の首筋をつかんだりたたいたりしていました。こんなことなら使いに出た方がまだましだった、そう思っているようなしかめ面《つら》でした。ところが大王はそんな乱暴な揉み方が案外気に入っているらしく、眼を細めて咽喉《のど》をぐるぐる鳴らしていたのです。これはきっと大王の血圧が高く、それで首筋が石のように凝っているせいなのでしょう。

丁度そのとき椎の木小路の方から、エッサエッサと昼前の空気を押し分けるようにして、ヤブ猫一行がひとつながりになって走って来ました。ヤブ猫は鼻眼鏡が気になるし、笑い猫とぼやき猫は診察鞄を両方からかかえているし、というわけで、そのスピードもそれほどのものではありませんでした。オベッカ猫はそれを横目でにらみながら呟きました。

「あれほど四尺八寸だと言ったのに、ヘッ、あれじゃあ三尺六寸どころか、全然二尺四寸どまりじゃないか」

「なにをぐずぐず言っとる」

と大王猫が聞きとがめて、頭をうしろに廻しました。とたんに首の筋がよじれて、ぎくんと鳴ったらしく、大王はイテテテと顔をしかめました。

「いえ。ヤブ猫一行が参ったらしゅうございます」

「どれどれ」

大王は椎の木小路に眼を向けましたが、視力が弱っていてとらえかねている中に、もうヤブ猫一行は茸庭に勢いよくかけ入ってきて、ぱっと一列に整列をしました。笑い猫が大きな声で復命しました。

「笑い猫、只今ヤブ猫をたずさえて戻って参りました！」

「ぼやき猫、右に同じ！」

　ぼやき猫も負けじとばかり大声をはり上げました。

　ヤブ猫はすっかり荷物あつかいされてむっとしたらしく、二匹をにらんで何か言おうとしましたが、その前に大王猫が前脚をあげてさしまねいたものですから、二匹から診察鞄をひったくるようにして、大王の前に近づきました。

「大王様。如何なされました」

　いくら横柄なヤブ猫でも、大王猫の前ではそうツンケンと威張るわけには行きません。すこし腰をかがめてまったく神妙な態度でした。

　大王猫は眼をしばしばさせて、やや哀しそうにヤブ猫の顔を見上げました。

「身体のあちこちが、どういうわけか大層具合がわるいのだ」

「舌をお噛みなされたそうで」

「うん」

「ちょいと拝見」

　大王猫は笑い猫を横目でじろりとにらみながら、忌々《いまいま》しげにぺろりと舌を出しました。ヤブ猫は診察鞄のなかから竹のヘラを取出して、それで大王の舌をおさえたり、かるくしごいてみたりしました。そして仔細あり気に訊ねました。

「今朝は何をお食べになりました？」

「コンニャクを食べたのだ」と大王猫は舌をすばやく引っこめて、ちょっと恥かしそうに鬚《ひげ》をびくびく動かしました。「コンニャクを食べていると、口の中のものがコンニャクか舌か判らなくなっての、それでうっかり間違えて嚙んでしまったのだよ」

笑い猫が急に横を向き、あわてて両の前脚で口をしっかと押えて、ブブッと言ったような圧縮音を立てたのです。ヤブ猫はえへんとせきばらいをして、教えさとすように言いました。

「それはもう相当に感覚が鈍磨しておりますな。もう以後コンニャクのようなまぎらわしいものは、一切お摂《と》りになりませんように」

「うん。わしも別に食べたくはなかったが、今朝はなんだかとても身体がだるくて、全身に砂がたまっているような気がしたもんだからの」と大王猫は情なさそうに合点々々をしました。「で、どこぞに故障でもあるのかな」

「三半規管ならびに迷走神経の障害」とヤブ猫は名医らしく言下にてきぱきと答えました。「それに舌下腺も少々老衰現象を呈していますな」

大王猫はぷいと横を向いて、グウと言うような惨めな啼《な》き声をたてました。

「グウ。それに対する療法は？」

「まあマタタビなどがよろしゅうございましょう」

そう言いながらヤブ猫は、診察鞄から聴診器をおもむろに取出しました。鞄は竹皮製ですから、あけたての度にばさばさと音を立てるのでした。

「一応全部ご診察いたしましょう」

それから、ヤブ猫は聴診器のゴムを耳にはめ、大王猫の身体をあおむけにしたり裏返しにしたり、丸く曲げたり平たく伸ばしたり、そして要所々々に聴診器をあて、またもっともらしい手付きで打診などしたりしました。オベッカ猫と笑い猫とぼやき猫は、結果如何にと眼を皿のようにして、大王の軀とヤブ猫の顔色をかたみにうかがっています。それらはまったく真剣そのものの表情でした。

ヤブ猫はやがて手早く診察を終り、聴診器をくるくる丸めて鞄のなかにしまい、腕組みをして首をかたむけ、フウウと大きな溜息をつきました。大王猫はびくっと身体をふるわせ、おそるおそる片眼をあけてヤブ猫を見上げました。

「まだ他にどこぞ故障があったかの」

ヤブ猫は腕を組んだまま視線を宙に浮かせて、じっと沈黙しています。たまりかねたようにオベッカ猫が横あいから口をさし入れました。

「おい、ヤブ猫君。何とか言ったらどうだね。え。大王様はすっかり御丈夫だろう。ええ。まったく御健康だと言い給え」

ヤブ猫はオベッカ猫にじろりとつめたい一瞥をくれて、しずかに首を振りました。その横柄な態度がぐっとオベッカ猫の癇にさわったらしいのです。

「なに。大王様が御壮健でないことがあるものか。御壮健そのものだぞ。僕がよく知っている。僕の方がよっぽど虚弱なくらいだぞ。だから僕は日夜大王様の身辺に侍して、大王様のはつらつたる御健康のおこぼれを……」

「なんだと。おいぼれだと！」

大王猫が憤然と聞きとがめて、頭をむっくりもたげました。

「いえ、いえ。おいぼれじゃなく、おこぼれでございまする」

「ははあ。耳にも故障がございますな」

ヤブ猫は鞄の中から細い金属棒をせかせかとつまみ出し、大王猫の頭をいきなりぐっと押え、その尖端を右耳のなかにそっと差し込みました。途中でところどころ引っかかるようでしたが、とにかくその金属棒はしだいしだいに耳穴にすいこまれ、やがてその尖端が左の耳の穴からチカチカと出て参りました。その間大王猫はすっかり観念したように、身動きさえしませんでした。

「ははあ。思った通りだ」

金属棒を耳からずるずると引き抜きながらヤブ猫がつぶやきました。

「鼓膜も穴だらけだし、内耳も腐蝕しておるし、これじゃ右から左へぜんぜん素通しだ」

「どうしたらよかろう」

と大王猫はうめくように言いました。

「マタタビ軟膏をお詰めになるんですな」とヤブ猫はすました顔で言いました。「それに肝臓も相当に傷んでいて、すでにペースト状を呈しておりますな。早急に手当をせねばなりません」

「どんな手当がよろしかろうか」

「マタタビオニンがよろしいでしょう。それから坐骨神経の障害。ほら、ここを押すとしたたかお痛みになりますでしょう」

「うん。あ、いてててて！」

「マタタビの葉をすりつぶしてお貼りになるんですね。朝夕二回ぐらいがよろしゅうございましょう」

「それから近頃どうかすると――」大王は胸を押えました。「すぐに心臓がドキドキするのじゃが」

「心悸《しんき》亢進《こうしん》でございましょうな。すべてこれらは老衰にともなう典型的な症状でございまして――」

「なに。老衰だと」と大王猫はぎろりと眼を剝きました。「じっさいお前は言いにくいことを、全くはっきりと言う猫だな。それじゃよし。そんなら老衰という現象には――」

「マタタビがよろしゅうございましょう」

　これはヤブ猫だけでなく、他の三匹の猫も一緒に合唱するように言ったものですから、大王猫はかっとなって二尺ばかり飛び上って、総身の毛をぎしぎしと逆立てました。

「何を聞いても、マタタビ、マタタビ、マタタビだ。このヘボ医者奴。薬はそれしきゃ知らないのか。おい、ぼやき猫。ひとっ走りして文化猫を大至急呼んでこい！」

「文化猫はここしばらく、イタチ森へ講演旅行に出かけております」

「なんだと。講演旅行だと。あのロクデナシ奴。おい、ヤブ猫。お前は近頃全然勉強が足りないぞ。マタタビとはなんだ」大王猫は怒りのために尻尾をやけにうち振りふり廻し、呼吸をぜいぜいはずませました。「マタタビなんか古い。全然古い。十九世紀的遺物だ。現今はもはや二十世紀だぞ！」

ヤブ猫はかくのごとく真正面から痛烈に面罵されて、とたんにすっかり慄え上り、おろおろと前脚を鞄につっこみ、がしゃがしゃとかき廻した揚句、小さな鼠革表紙の手帳をとり出しました。これはまあ医者のエンマ帳みたいなものでしょうな。ヤブ猫は大急ぎで前脚に唾をつけ、ぺらぺらぺらと頁をめくりました。

「ええと。ええ。大王様。お怒りにならないで。不勉強なわけでは決してございません。ええ。それそれ、ここに、カビ、抗生物質と書いてございます。これなんかは老衰に――」

「なに。このわしにカビを食わせる気かっ！」

「いいえいいえ」ヤブ猫はあわてて次の頁をめくり、鼻眼鏡の位置を正しました。「ええ、次なるは葉緑素。これは最新学説でございますな。これを摂《と》ることによって体内の細胞はまったく更新し――」

「葉緑素とは何だ」

「はい。木の葉などにふくまれている天然自然の貴重な元素でございます」

三匹の猫たちは横柄なヤブ猫がちぢみ上っているので、お互いに目まぜをしながら痛快がっていました。大王猫は逆立てた背毛をすこし平らにしました。

「たとえばそれはどんな植物に豊富に含まれているのか」

「はあ」とヤブ猫は眼をぱちぱちさせました。「あのう、たとえば猫ジャラシとか――」

「ああ、あれはいかん」大王猫は前脚をひらひらとふりました。「あれを見ると、わしはイライラしてくるのじゃ」

「では、ツンツン椿の葉っぱなどは如何でございましょう。毎食前に五枚ずつ」

大王猫はちょっと眼をつぶって、顎をがくがく動かし、椿の味を想像している風でしたが、すぐにかっと眼を見開いてはき出すように言いました。

「あんまり感心しないな。お前の勉強はそれだけか」

「いいえ」ヤブ猫はやけくそな勢いで次の頁をめくりました。「ええ。ええと。脳下垂体。これ、これ、これに限ります。これなら一発覿面《てきめん》でございます」

「覿面だと？」

「はあ。これは牛の脳下垂体でございまして、これを採取して内服するなり移植するなりいたしますと、たちまち十五年ばかり若返るのでございます」

大王猫は再びちょっと眼を閉じ、肩をぐっとそびやかしました。これはちょっと牛の気分を出してみたのです。すぐに眼をあけ、いくらか満足げににこにこしながら言いました。

「それはよかろう。面白かろう。それじゃ早速それを一発やって貰おう」

「今でございますか」ヤブ猫は手帳を急いでポケットにしまい、ハンカチでせまい額をごしごしと拭いました。「残念ながら只今のところ手持ちがございません。今しばらくの御猶予のほどを」

「なに。今手持ちがない？」大王猫の声はやや荒々しく、背毛もふたたび斜めに持ち上りました。「どこに行けば直ちに手に入るのかっ！」

「牛ヶ原に参りますれば、そこらに黒牛が若干おりますので、あるいはそれに頼めば分けて呉れるかも知れません」

「よし。では早速家来どもを派遣する！」

大王猫は顔をじろりと三匹猫の方にむけました。三匹猫は思い合わせたように、一斉に一歩二歩あとしざりをしました。これは牛は黒くて大きいし力はあるし、それとの交渉はあまり好もしい役目ではなかったからです。

「ではお前たち、直ちに牛ヶ原に向って出発せよ」

「もうし、大王様」

と笑い猫が未練げに足踏みをしながら言いました。

「私どもは未だにはっきりと任務の内容を与えられておりません」

「よし。ヤブ猫。任務の内容を詳細に説明せよ」

ヤブ猫はまたハンカチでしきりに顔をふきながら、三匹の方に向き直りました。冷汗がひっきりなしに滲み出てくる風なのです。

「ええと、それは簡単である」ヤブ猫の声はおのずから苦しげな紋切型の口調になりました。「牛ヶ原におもむいて、先ず黒牛をさがす。さがし当てたら、貴下の脳下垂体を少々分けて呉れと、相手を怒らせないように丁寧に頼みこむ。むこうが承諾したら、脳下垂体をすばやく採取して大至急戻ってくる」

「どういう方法で採取するのですか」とぼやき猫がおそろしそうに聞きました。

「ええ。それも簡単である」とヤブ猫は忙しくハンカチで顔を逆撫でしました。もうハンカチは吸いとった汗でびしょびしょになってるようでした。「黒牛に先ず上をむいて貰うように頼む。そ、それから黒牛の鼻の穴に前脚をそろそろとつっこむ。右の穴でも左の穴でもどちらでもよろしいが、ただし、くしゃみをされるおそれがあるから、事前に前脚はよく洗っておくこと。まず前脚の付け根までつっこめば、何かぶよぶよしたものをきっと探り当てるから、そいつに爪をかけ、力いっぱい引っぱり出すこと。あとはそれをかかえて後も見ずに一目散にかけ戻って来ればよろしいのだ」

「うしろをふり返ってはいけないんですか」

「ふり返らない方がよろしかろう」とヤブ猫はぶるんと顔をふって冷汗をはじき飛ばしました。「万一ふり返りでもしたらどういうことになるか、それはもう保証の限りでない！」

その一言を聞いて三匹猫は一斉にぶるぶるっと身慄いしました。聞くだにおそろしそうな話だったからです。ことにぼやき猫なんかはもう目がくらくらして、ほとんどぶっ倒れそうな気分でしたが、辛うじて脚をふんばり、最後の質問をはなちました。

「もし黒牛さんがイヤだと申しましたら――」

「他の黒牛にあたるんだ」

「そいじゃ黒牛さんが、脳下垂体は分けてやる代りに――」とぼやき猫はここで大きく息を吸いこみました。「その代りに猫森の一部分を割譲せよとか、猫的資源を供出せよとか、そんなことを言い出したら如何はからいましょうか」

「そりゃ困る！」

と大王猫が渋面をつくって、あわててはき出すように言いました。

「いや、大丈夫でしょう。黒牛なんてえものは至極お人好しの牛種ですから」とヤブ猫は診察鞄を小脇にかかえ、もう半分逃げ腰になりながら猫撫で声を出しました。

「そんな悪らつなことを、まさかねえ、アメリカじゃあるまいし」

「よろしい。出発！」と大王猫がいらだたしげに前脚をふりました。「大至急、牛ヶ原にむけ前進開始！」

「笑い猫にぼやき猫！」と大王猫の号令に便乗してオベッカ猫が声をはり上げました。

「ただちに牛ヶ原にむかって出発前進。糧食一食分携行。遠距離であるからして、歩幅は三尺六寸でよろしい。ただし帰りは四尺八寸に伸ばさざれば、生命の保証なしと知るべし。さらば征《ゆ》け、勇敢なる若猫よ！」

「バカ。このロクデナシ！」

大王猫は激怒のあまり逆上して、二三度ぴょんぴょんと飛び上り、オベッカ猫をにらみつけました。

「ずるやすみもいい加減にしろ。先刻もこのわしをおいぼれ呼ばわりまでしやがって！」

「はい。何でございましょうか」

「何もくそもあるものか」と大王猫は王者のたしなみも忘れて、口汚ないののしり方をしました。「行くんだよ。お前が先頭に立って出発するんだっ！」

「はあ、私がでございますか」とオベッカ猫はきょとんとした顔をしました。

「そうだよ。それがあたり前だ」

「でも私はここに居残って、大王様の御看護を――」

「看護にはヤブ猫が残る！」と大王猫は怒鳴りつけました。「弁当をこしらえてさっさと出て失せろ！」

鞄をかかえて逃げ腰になっていたヤブ猫は、大王猫に肩をつかまれて、当てが外れたようにへたへたと地面に坐りこみました。

　三匹猫はうらめしそうにそのヤブ猫をにらみつけ、それからそれぞれ手分けをして、大王の朝飯の残りのコンニャクやそこらに生えている茸を、のろのろと弁当袋につめこみ、めいめいそれを頸《くび》から脇にかけました。なかんずくオベッカ猫の動作が一番のろかったのは、この牛ヶ原行きにもっとも気が進まなかったせいでしょう。しかしとうとう用意がととのってしまったものですから、三匹はオベッカ猫を最右翼にしてしぶしぶ一列横隊となり、そしてオベッカ猫がまず哀しげに声をはり上げました。

「オベッカ猫、只今より牛ヶ原に向い、黒牛の頭蓋より脳下垂体を奪取して参ります！」

　そしてオベッカ猫はぎょろりとヤブ猫をにらめました。

「笑い猫、右に同じ！」

「ぼやき猫、右に同じ！」

　そして二匹は一斉にぎらりとヤブ猫をにらみ、それから視線を大王に戻してこんどは大王の顔をきっとにらみつけました。すると大王は何をかんちがいしたのか、まったく満足げににこにこしながら、荘重な口調で訓示を垂れました。

「よろしい。只今諸子の眼光をうかがうに俄かにけいけいとして、見るからに闘志にあふれておる。わしの満足とするところである。その闘志をもって牛ヶ原に直行し、巧言令色もって至妙の交渉をとげ、首尾よく脳下垂体を獲得して帰投せよ。出発！」

「出発。右向けえ、右！」とオベッカ猫があまり力のこもらない号令をかけました。

「行く先は牛ヶ原。歩幅は二尺六寸。出——発！」

「三尺六寸だっ！」と大王猫が怒鳴りました。

「もとい。歩幅三尺六寸。出発」

彼方のゆらゆら木洩れ日をかきわけて、三匹編成の特別一小隊は、エッサエッサと懸声をかけて椎の木小路の方にだんだんと遠ざかって行きました。あとはしんかんとした茸庭の正午の空気です。一隊が見えなくなると、大王猫は急にぐったりしたように、ぐにゃぐにゃと地面にへたりこみました。

「すこし疲労したようだ」と大王猫はものうげに小さな欠伸《あくび》をしました。「脳下垂体か。それまでの間に合わせに、マタタビ丸を三粒ほど呉れえ。しかしあいつ等、うまく持って帰ってくるかなあ」

「あいつらが失敗すれば、また別の家来を派遣なさいませ」と鞄からマタタビ丸をつまみ出しながら、ヤブ猫がそそのかすような声で言いました。「まだ御家来衆は次々控えておりまするでございましょう」

「そうだ。そうだ。あいつらがやりそこなったら、今度はイバリ猫にズル猫にケチンボ猫を派遣しようかな」

　そして大王猫はマタタビ丸をぺろりとのみこんで、ふううと大きな溜息をついて身体を地面にひらたく伸ばしました。

「ヤブ猫。後脚の付け根あたりをすこし揉んで呉れえ。近頃わしは中脚の方も全然ダメになったようだが、脳下垂体を服《の》めば回復するか。するだろうな。そうでなければわざわざ服む価値はないぞ」

　一方オベッカ猫を長とする特別一小隊は、やがて猫森を出はずれ、ハンの木、ヤチダモ、アカダモ並木の大街道をかけ抜け、一面茫々の大湿地帯を通過し、やっとタンポポ丘にたどりついた時は、もはや陽ざしは午後二時近くになっていました。さすがの若猫たちもこの長距離疾走にはすっかり疲労して、膝の関節もがくがくとなり、歩幅も二尺六寸ぐらいに縮小してしまっていたくらいです。そのタンポポ丘の頂上に立った時、突然笑い猫が彼方を指差してすっとんきょうな声を立てました。

「黒牛が！」

タンポポ丘のふもとから見渡す限り青々と草原がひろがり、五百米ほどの彼方に黒いものがひとつ、じっとうずくまっているのが見えました。ここが名だたる牛ヶ原なのです。そいつは見るからに傲然として、途方もなく巨大な黒牛らしいのでした。ぼやき猫もその叫びにつられたように、哀しげな声を出しました。

「ああ。あそこに黒牛が」

オベッカ猫はその瞬間まっさおになり、しばらくむっと黙っていましたが、やがてへたへたとタンポポを踏みくだいて腰をおろし、情なさそうに口をひらきました。

「さあ。とにかく、それよりも、弁当ということにしようや。そして弁当が済んだら、君たちは二人とも小川でよく前脚を洗うんだよ。黒牛がくしゃみをすると僕だって大へん困るからなあ」

笑い猫もぼやき猫も同時に顔をぐしゃっとしかめ、よろめくように丘の斜面に尻もちをつきました。そこで三匹はそのままの姿勢で弁当袋をひらき、めいめいぼそぼそとコンニャクだの茸だのを口に入れては嚙みました。おそらくそれらは全然食べ物の味がしなかったに違いありません。三匹ともろくに唾液が分泌してこないようで、時々ちらちらと黒牛の方に横目を使いながら、ごくんごくんとむりやりに嚥下《えんげ》している様子なのでした。僕はこういう彼等につよく同情するのです。

（「文芸」一九五四年三月号）

解説

荻原魚雷

カロは梅崎家で飼われていた歴代の猫の名前である。『梅崎春生×遠藤周作展』（かごしま近代文学館、二〇一五年）によると、名前の由来は「五高時代のドイツ語教師が飼っていた犬の名で、スペイン語で『親愛なる』という意味」とのこと。

本書の題を見て内田百閒の「ノラや」を思い浮かべた人もいるだろう。

『幻化の人　梅崎春生』（東邦出版、一九七五年）所収の梅崎栄幸「兄、春生のこと」に戦中、郷里の福岡の結核病院で療養中、弟にある作家の本の差し入れを頼んだ経緯が記されている。

「入院して一週間ほど経った頃、兄から私あてに速達の葉書が来た。大至急で内田百閒の随筆か又は短篇集を、古本屋から買って持って来てくれ、という内容だった。」

病院に弟が百閒の本を持っていくと、引ったくるように奪い、「これなんだ。どうしてもう一度これを読みたかったんだ」といった。

わたしはこの逸話を知る前から梅崎春生と百閒の作品はすっとぼけた感じや偏屈だけど独特の愛嬌が似ているとおもっていた。そのせいか、当初、梅崎春生の猫の小説（随筆）は百閒を意識して書いたものだと早とちりした。百閒が一連のノラやクルなど猫の話を書きはじめるのは一九五六年。中でも有名な「ノラや」は五七年の作である。梅崎春生の「猫の話」は一九四八年。そして「カロ」や「カロ三代」は五二年――いずれも「ノラや」より前に書かれた作品だ。といっても百閒は「ノラや」の前に「老猫」（一九〇八年）、「白猫」（一九三四年）、「贋作吾輩は猫である」（一九四九年）などの猫作品がある。

もともと梅崎春生は梶井基次郎が好きで、初期のころは緻密で繊細な文章を書いていた。しかし――。

『梅崎春生全集』（新潮社）の第三巻の解説で椎名麟三は梅崎春生がシュールな小品を書くようになった理由として「梅崎は、百閒が非常に好きだったからである」と論じ、さらに別の変化にも言及している。

「ある朝、私の家へやって来た梅崎は、私に会うなり、『ぼくはやっと宮沢賢治に自分の行きづまりを救われたよ。宮沢賢治の口語体に』そして私はやっと彼は、自分の作品の行きづまりに苦しんでいたことを知ったのである」

梅崎作品に賢治風の口語体があらわれるのは一九五一年あたりからで、本書でいえば「A君の手紙」や「大王猫の病気」がそうだ。「大王猫の病気」は何となく宮沢賢治の童話と……似てないか。この作品は軍隊生活を戯画化したものという説もあるが、感想は読者の判断にまかせたい。ちなみに「大王猫の病気」で「諺にもXerxes did die, so must we. というのがあるな」とヤブ猫が学をひけらかす場面がある。Xerxesはアケメネス朝ペルシアのクセルクセス一世（在位BC四八六～四六五）。ペルシア戦争のサラミスの海戦で大敗を喫し、後に暗殺された王。初読のさい、唐突な英語にちょっと戸惑ったので蛇足かもしれないが、補足しておく。

梅崎春生は〝市井もの〟といわれる庶民生活の悲喜こもごもを描いた作品も数多く書いた。直木賞受賞作「ボロ家の春秋」がその代表作だが「猫と蟻と犬」「落ちる」「ウスバカ談義」もその系統の作品である。これらの小説で名脇役を演じる「秋山君」「山名君」は画家の秋野卓美がモデルといわれ、「カロ三代」には本名で登場する。

本書の所収作は文体の変遷期、模索期に書かれたものだ。梅崎春生は文芸時評で

「小説というものはもっとあやふやなものであり、作者の主体と作品は必ずしも直結していない。間に文体というものが介在している」（東京新聞、一九五四年十二月）と文体の重要性を唱えている。

　作品ごとに猫の目のように変わる多彩な文体も梅崎春生の魅力である。

　さて、そろそろ書きづらい話題に移ろう。

『作家の猫』（平凡社、二〇〇六年）の「梅崎春生とカロ」には「猫について書いた小説家のなかで梅崎春生ほど読者から不評を買った作家はいないだろう」とある。「カロ三代」の中で竹製の蠅叩きでカロを打擲する場面にたいし、多くの読者が非難の手紙を送りつけた。手紙は梅崎春生の自宅だけではなく、編集部にも届いた。今の世ならSNSで〝炎上〟していたかもしれない。しかし梅崎本人はどこ吹く風というか本書所収の「猫のことなど」で「カロ三代」の後日談を書いている。

　作家と猫の関係はあくまでも虚実とりまぜたもの――「私小説の形式をかりたフィクション」というのが梅崎春生の弁である。そして読者の「非難、攻撃、訓戒、憎悪、罵倒」にたいし「大体猫を溺愛するような人間には、偏狭でエゴイストが多い」と神経を逆なでするようなことを言い放つ。

「彼等にとっては、猫が全世界なのである。全世界とまでは行かずとも、半世界ぐらいは猫にしめられているらしい」

もっとも「猫のことなど」では「私は猫を好きは好きだ」と告白している。また「カロ叩き」は竹製ではなく「柔らかい藁製品だった」（『作家の猫』）との説もある。

本書の「猫の話」で「カロ」という名の猫が交通事故で命を落としたときのことをこんなふうに綴っている。

「その夜、彼は蒲団にもぐって、長いこと泣いた。カロをこんなに愛していたとは、いままで意識しないことであった。こみあげてくる涙のなかに、生きているカロのいろんな姿体がうかんできて、彼はなおのこと泣いた」

「猫の話」は「輪唱」という全三話の構成のオムニバス小説の第二話にあたる作品である。

『幻化の人　梅崎春生』の恵津夫人の手記「幻化の人」では一九五二年八月の梅崎春生の日記を紹介している。

八月五日の日記には「仕事疲れに、かまう相手がほしい。トモオでは困る。も一度猫をかおう。カロ第四世」とある。九日の日記に「猫の小説二枚」、十日「猫小説五枚半」、十二日「終日『カロ三代』を書く」、十三日「朝の中に『カロ三代』三十三枚完了」。

そして八月二十五日――。

「小説新潮あてに読者よりハガキあり、左にうつす。

『カロ三代をよみあまりのことにあきれ声もなくいます。さっそく家の猫に卵をたべさせ毛をなぜてやりました。梅崎春生氏の鼻の頭を二代目猫もどきがかじる日の早く来ることを願ってゐます。これからは一さい氏の書いたものはよまず。猫好き生』」

八月五日の記のトモオ（知生）は梅崎春生の長男の名。当時一歳。「カロ三代」の執筆時、猫はいなかった。

「カロ三代」の一年半後に発表した「猫のことなど」で四代目のカロが登場する。

前掲の椎名麟三の解説では「猫を憎むという仕方で愛するという、表裏一体をなしている愛憎の姿がえがかれている」「世の中の人は、この主人公の憎しみの裏側にあるものを見ようとしないのだ」と梅崎春生の「カロ叩き」を擁護している。しかし「猫と蟻と犬」でカロを風呂敷に包んで捨てにいく話は（フィクションだとしても）ちょっとひどい。一九五〇年代――町中に野良猫、野良犬が溢れていた時代背景を考えても擁護しづらい。猫好きの人が怒りたくなる気持もわかる。

遠藤周作著『ぐうたら漫談集』（角川文庫）は梅崎春生に関するエッセイを五本も収録している。梅崎春生は「練馬王」を自称するお茶目でイタズラ好きな先輩として登場する。酒を飲むと子どものような酔顔でたまに「グサリとこちらの一番イヤに思っていることを突きさしてきた」が、ふだんは「細やかなやさしさ」を見せてくれる。

「全く憎めない人だった——梅崎さんは」（梅崎さんのイジワル）と回想している。

軍隊生活を通して、人間の極限状態を見た梅崎春生は、おとなしそうな人、やさしそうな人の中にも残忍さがひそんでいることを知った。

前述の「猫を溺愛するような人間には、偏狭でエゴイストが多い」の言葉の裏には何不自由ない快適な環境を整え、ひたすらペットとして愛でることが、猫にとっての本当に幸せなのかという問いも含んでいるかもしれない。「猫叩き」の件にしても、とくに食事時に打擲したのは初代カロが近所の家の毒団子を食べて亡くなったことも関係しているのではないか。ヘンなものを食べたり、交通事故にあったりしないよう、カロの野生の勘や反射神経を衰えさせないために厳しくしつけていたのではないか。そんな想像をしながら「カロ」を読み返してみると……。

作者が茶の間にいるときのカロは「ジャングルを忍び歩く虎か豹のように、頭を低くし背をかがめ、すり足で歩くのだ」。また「カロ三代」では「猫叩き」を見るや否やカロが「パッと電光のように走って逃げる」様子も描かれている。

実は、梅崎春生著『怠惰の美徳』（中公文庫）の飼い犬エスの死のことを書いた「二塁の曲り角で」（一九五九年）という随筆にもカロがちょろっと出てくる。

「三年前、カロの臨終を私は眺めていた。カロは柳行李のぼろの中で、最後の痙攣をして、そのまま動かなくなった」

カロ第四世も長生きしなかったようだ。猫運がなかったのか、それともこの話もエッセイの形を借りたフィクションなのか。

いつの日かわたしが猫を飼うことになったとしてもカロという名だけはつけないつもりだ。

（おぎはら・ぎょらい　文筆家）

編集付記

一、本書は著者の飼い猫カロと猫関連の小説・随筆を独自に編集したものである。中公文庫オリジナル。

一、本書は沖積舎版『梅崎春生全集』と『ウスバカ談義』（番町書房、一九七四年刊）を底本とした。

一、底本中、明らかな誤植と考えられる箇所は訂正した。

一、本文中、今日の人権意識に照らして不適切な語句や表現が見られるが、著者が故人であること、発表当時の時代背景と作品の文化的価値に鑑みて、底本のままとした。

中公文庫

カロや
——愛猫作品集《あいびょうさくひんしゅう》

2022年4月25日　初版発行

著　者　梅崎《うめざき》　春生《はるお》

発行者　松田　陽三

発行所　中央公論新社
〒100-8152　東京都千代田区大手町1-7-1
電話　販売 03-5299-1730　編集 03-5299-1890
URL https://www.chuko.co.jp/

DTP　ハンズ・ミケ
印　刷　三晃印刷
製　本　小泉製本

Published by CHUOKORON-SHINSHA, INC.
Printed in Japan　ISBN978-4-12-207196-4 C1193

各書目の下段の数字はISBNコードです。978-4-12が省略してあります。

中公文庫既刊より

う-9-5
ノ ラ や
内田百閒
ある日行方知れずになった野良猫の子ノラと居つきながらも病死したクルツ。二匹の愛猫にまつわる愛情と機知とに満ちた連作14篇。〈解説〉平山三郎
202784-8

く-20-1
猫
クラフト・エヴィング商會
井伏鱒二／谷崎潤一郎 他
猫と暮らし、猫を愛した作家たちが思い思いに綴った珠玉の短篇集が、半世紀ぶりに生まれかわる。ゆったり流れる時間のなかで、人と動物のふれあいが浮かび上がる、贅沢な一冊。
205228-4

う-37-2
ボロ家の春秋
梅崎春生
直木賞受賞の表題作と「黒い花」をはじめ候補作全四篇に、小説をめぐる随筆を併録した文庫オリジナル作品集。〈巻末エッセイ〉野呂邦暢〈解説〉荻原魚雷
207075-2

う-37-1
怠惰の美徳
梅崎春生
荻原魚雷 編
戦後派を代表する作家が、怠け者のまま如何に生きてきたかを綴った随筆と短篇小説を収録。真面目で変でおもしろい、ユーモア溢れる文庫オリジナル作品集。
206540-6

お-33-3
新編 閑な老人
尾崎一雄
荻原魚雷 編
生死の境を彷徨い「生存五ケ年計画」を経てたどり着いた境地。「暢気眼鏡」の作家が、脱力しつつ前向きな日常を味わい深く綴る。文庫オリジナル。
207177-3

ふ-22-4
編集者冥利の生活
古山高麗雄
安岡章太郎「悪い仲間」のモデル、『季刊藝術』の同人として知られた芥川賞作家の自伝的エッセイ&交友録。表題作ほか初収録作品多数。〈解説〉荻原魚雷
206630-4

や-1-3
とちりの虫
安岡章太郎
ユーモラスな自伝的回想、作家仲間とのやりとり、鋭く笑える社会観察など、著者の魅力を凝縮した随筆集。阿川弘之と遠藤周作のエッセイも収録。〈解説〉中島京子
206619-9